U0164265

翠篷紅衫人力車

黃秀蓮 著

匯智出版

載不動，多少情——自序

黃秀蓮

翠篷紅衫人力車，載不動，多少情；載不動，幾多愁。

人力車這古老交通工具，在我幼年時代已式微於城市進化中，一輛又一輛不知不覺地渺然，跟我同輩的朋友，多半未嘗坐車滋味。而我這窮孩子居然曾經隨車輪轉動而漫遊灣仔，輪聲轆轆，街景依稀，經驗難得，往事甘甜。

孩子最需要的是愛，然後是了解和扶持。希望坐人力車這心願，流露出我本性有點浪漫。可是舉凡花費而不切實際的東西，父親必定不以為然，讓他知道會生氣的；左鄰右里又最愛理人間事，道人長短。我天真的盼望，姑婆清楚，不動聲色悄悄地就牽着我上車了。一趟旅程秘密進行，海風相送，車輪輾着路塵和市聲，橐橐然穿梭於香江歲月。

紅配綠，看不足，那人力車紅翠交輝，一直停泊在我內心深處。溫紅潤翠，猶暖在雙頰，暖在掌心。

愛是體貼、諒解、成全。愛裏頭若帶點私密，就更牽人心肺。一個領略過愛的人，才懂得如何去愛。感恩於我受過的愛，所以文章裏，總是自然而然，或輕描淡寫，隱約其間，或濃墨重彩，纏綿往復；所寫者，無非是愛，對親人師友、對香港之愛，再旁及其他。細心且善悟的讀者讀了，當會瞭然於胸。

人生世上，最無奈者，是本來與自己同車同坐的摯愛，竟然捨車遠去。姑婆、父親、余光中教授，是我一生最愛，都先後消逝於茫茫大化中，只留下我，愁望着似無還有、似隱卻現的車轍，獨自悽惶。

二〇一八年中秋

目錄

第二輯　結盧人景

第三輯　出岫雲煙

第四輯 南窗書畫

第一輯　往事依稀

唱龍舟

端陽佳節，電視直播龍舟競賽，十來艘龍舟排成一列，各炫威武，繽紛旗幟在五月烈陽下，在沙田城門河上，迎風飄舉。鼓手背身立在船頭，把大鼓擂得震天價響。划手矯健，呼應着擊鼓之聲，船槳水中一起一落，浪花水沫激起，膂力推動龍舟，青春飛躍河面，勁力融入韻律，呀！領先者衝前奪魁了，又是一陣歡呼喝采。

電視畫面洋溢着健兒風采，電視聲浪傳來節日歡娛，人人興高采烈，個個喜氣洋洋。不知為何，熒光幕上熙熙攘攘的熱鬧，漸漸飄遠。恍恍惚惚間，眼前浮起一隻木雕上彩的小龍舟，長僅一呎左右，苦伶伶的，在沒有掌聲的歲月長河中，划入暮色，漸行漸遠漸隱。

腦海的場景忽然換了，回到久遠的年代去。

我家門前，是樓梯轉角位，若對面那戶人家也同時推開鐵閘，兩閘尚不致相撞，然而實在狹窄得剛符合消防條例而已。那兒幽暗，陽光不入；那兒湫隘，清風不來。

可是，在端陽佳節前兩三天，門鈴響起，短短的一下，不含催促急召的意味。大人嚴訓我們這些小孩，一定要從木門洞眼看出去，肯定是熟人方可開門。我去應門，見門外來了一個陌生人，是個矮瘦老伯，他把小龍舟高高擎起，還搖幾下；我唯有高聲呼喚，請大人來應付。

同屋鄰居見是賣藝人，來唱龍舟的，便把木門打開。賣藝人很高興似的，擊木數聲，輕打小鼓，半唸半唱，全是祝願吉祥富貴。屋裏的小孩都好奇，蹲下來聽歌；隔着鐵閘柱形鐵枝的空隙，仰頭看他打鼓。只見他蒼顏枯槁，舊唐裝，穢布鞋；小鼓小木棍，打得有板有眼；南音慢唱，在翳悶空氣中飄送，可是嗓音沙啞低沉，我們只聽一會兒便散去了。一屋數戶主婦，各拿碎錢，打賞了他，又再關上木門。

對面那家主婦是業主，婚前在澳門「賊船」派撲克，她一打開門，見是一身襤褸來賣唱的，忙「嘭」一聲，急掩上門。一扇木門，絕緣體一般，隔斷歌聲，阻截求乞。鄰居有常「過大海」上「賊船」者，說派撲克的荷官，一見賭客贏錢，馬上纏住要討賞錢，錢不到手，勢不罷休；還說對戶人家，賞錢一定早已討得盤滿缽滿。然而，木門響得那麼震耳，我當時為之愕然：最有本事索取賞錢的，竟最吝嗇於餽贈賞錢。活生生的一幕，讓孩子領略到人情澆薄是甚麼一回事了。

年邁的賣唱人登上深水埗七層高的唐樓，梯級之上更有梯級，逐戶扣門，回報卻是毫無把握。蓬門淺窄，樓梯角位，立錐之地，完全不適合演唱，莫談音響與舞臺效果了。倘非生活逼人，日暮途窮，又怎會放下歌者尊嚴，忍受拒於門外，沿梯賣唱呢？而端陽佳節僅是一年一度，其餘日子又如何謀生呢？

唱龍舟的，在我家門前唱了兩三年，之後，再沒出現了。龍舟歌、流浪賣唱人、木雕上彩的小龍舟，划往何處呢？大概已泊在煙籠寒水，人生彼岸了。

衣裳竹

「衣裳竹」，三個字音吐得清晰，喊得嘹亮，呼得沉穩，叫得明白。

當年我家住在六樓，就算住在十樓，也不會聽不到這中氣充沛的叫賣聲。街道兩旁都是唐樓，幢幢相連，密不透風，聲音困着，便往上揚，傳到騎樓房的窗子去。那叫賣聲，從容不迫，緩緩的依「衣裳竹」三字本身的音調，先是高平，接而向下走低，再而打一個剔號似的，高亢起來，再在音譜高處收結。賣竹人略略換氣，讓嗓子休息片刻，叫賣聲復再拔起。

誰家要買衣裳竹，忙忙走向鐵框大窗前，探頭窗外，尋找賣竹人的影子，放聲把他喚住。回應的叫喊聲也一定要響亮，不然，賣竹人一時聽不見，以為沒有生意，便往前走，一旦走遠了，又不知何日重來。遇上這情形，屋中大小，也跑來助陣，甚至樓上樓下的大聲公、大聲婆，聽得喊聲，也義不容辭，眾音齊發，響成一片，十分熱鬧。賣竹人抬頭仰望，看哪幢哪層要幫襯，左鄰右里又再替人忙碌，聲音加上手勢來提示。

宏亮的叫賣聲，劃破了平淡；不一樣的買賣方式，又製造了趣味，於是街坊特別互助，樂成其事。買賣竹子之聲，在唐樓之間激蕩，漾起歡笑來。

賣竹人問清楚門牌層數，便立刻扛起長長的竹子，在幽暗狹窄的樓梯小心翼翼登樓去。最怕是轉角位，一個不留神，可能會撞穿了窗子玻璃，或者打碎了樓梯燈，更怕突然有住客冒冒失失衝下來，撞傷了額角，所以在梯間依舊呼喊，提醒住客，真是步步為營。

衣裳竹是家庭必需品，可是極難搬運，在謀生不易的年代，便有些願意賣氣力的老實人，把擦汗用的厚毛巾往肩膀上一搭，墊着肩頭，蹲下來，運力就扛起一捆竹子，沿街叫賣，按戶送貨，掙些辛苦錢。他跟衣裳竹，也彷彿捆綁在一起，相依在一起。竹船在住宅區的大街小巷漂流，不，是有方向地航行，成為舊日香港的流動風景。長街叫賣，聲聲雄壯，又樸實無華，庶民生活立地蹦跳於眼前。這市聲，宏亮於街巷，豐富了日後的香港回憶。

衣裳竹給買下來，抹得乾乾淨淨，便以剛勁而帶彈性的姿態，承擔起曬晾的責任。說起責任，那年代的孩子，沒有王子病、公主病，個個都願意承擔照顧家庭的責任。我記得自己十歲左右，已夠氣力晾衣服。

那曬衣架乃鐵所造，長方形，比公屋的「三枝香」設計安全，放得下六根衣裳竹，安裝在後樓梯外，伸出半空，借得清風。這曬衣架算不算僭建？不得而知，總之戶戶如此。唐樓有前後樓梯，除了符合消防條例外，後樓梯也解決了曬晾這惱人問題。

衣裳竹長度跟衣架配合，衣裳濕漉漉，猶滴出水，比平常重許多；便用雙手舉起竹子，往前一遞，擱在架上，再往後一退，插進鐵環裏，讓不費電力的陽光來烘乾衣裳。

有時突然傳出一聲：「落雨收衫！」噢，烏雲蓋天了，眼看快要下大雨，甚至雨點已滴下來了，街坊鄰里都搶去收衫。收衫，的確要講究姿勢和技術；萬一手不夠穩，一個閃失，竹子失手跌下，後果不堪設想。儘管焦急，仍得謹慎；先把竹子撐起，從後拔出，衣服從竹篙滑下來，忙把衣服抱滿懷，退回戶內；再跑第二轉、第三轉，把自己連鄰居的衣裳都一併收回來。聽師奶們說，衣服給雨水淋過，要再洗才能穿，又是一番工夫了，怎忍心眼見鄰居的衣服，任雨水直淋而不救呢？那時，我家一屋七伙二十餘人，儼然是「七十二家房客」的縮影。鄰里關係，跟吳楚帆所謂「人人為我，我為人人」的偉大口號，相去甚遠。可是，所有房客都知道毋須為落雨收衫而憂心時，睦鄰意味便出來了。衣裳竹，也搭建人情。

雨點在飄在灑在傾盆而下，衣服只好晾在狹長的廚房，那兒也焊鑄了曬衣架，三數根衣裳竹作後備用；竹子吸收了油煙氣，有點黏乎乎。女子的內衣教人難為情，唯有半遮半掩躲藏在角落；褲子也一定貼牆側掛，不能讓人家在褲襠底穿過的。

那叫賣聲消失許多年了，因衣裳竹而想起的細碎往事，竟然歷歷在目，叫賣聲豐沛的音量猶在貫耳。當年香港，民風拙樸而務實，絕對不是今時喧嘩光景，難怪連「衣裳竹」這叫賣聲，也叫得份外爽朗可親了。

地板也牽愁

那時香港的樓價多少錢一呎呢？我的確不知道，不只因為年紀太小，更因為家裏從來不提買樓。窮成這個樣子的家庭，哪會妙想天開，想到去買樓呢？

對於我們租住的唐樓，母親很不滿意，她不滿意的原因有二：一是這房子是從族中長輩那兒租來的。親戚是業主，我們是租客，主客有別，貧富分明，在親戚之間，她覺得屈居人下。二是那唐樓的地板，材料實在太差，不管怎樣拖地，甚至擦地，仍是灰暗暗的。她總是一邊拖地，一邊怨罵：「阿姆家裏的地磚，一拖就亮。我們這些磚，根本不是磚，是爛泥！」阿姆是業主，她家鋪了花階磚，圖案很美，尤其是陽光映照下，階磚反射出亮麗的光澤，一看就知道是好貨。難得是不沾塵，輕輕一掃，已回復光潔。即使赤足在地上走，也很放心很舒服，沒有髒的感覺。花階磚用了多年，竟能經久如新。到了我長大後，才知道那是西班牙磚。

「阿嫂家的階磚，雖然細細塊，都算好抹。」母親又說。阿嫂是疏堂親戚，住在同一條街。她家那些地磚，構圖很有幾何味道，由四個梯形，圍着小正方形，綠白相間。材料一般而已，不似阿姆家的階磚那麼細滑。

我家那些地磚，不大不小，起初是暗紅色，色澤暗啞。年深月久後，漸漸褪色，變成泥色。嚴格來說，不是瓷磚，我便稱之為泥磚。

泥磚從唐樓的頭房，一直鋪到尾房，承載了一屋七伙人的體重，記錄了大大小小、重重疊疊的腳印。劣質的建材，不勝負荷，首當其衝的，是走廊磚與磚之間的罅縫。泥磚常常碎裂，不是崩了這角，就是爛了那角。我偶爾把碎裂的顆粒撿起來，搓一搓，顆粒比泥硬一些，但是完全沒有瓷那種光滑的特質。

一屋二十多人，人人不為意地，在已經破碎的地方，輕輕一踼，崩裂處會越來越大。若懶得去管，任其破爛，便會演變成〈習慣說〉那塊窪地的光景了。幸而那麼多年來，地板雖然時不時會有崩角，但不會嚴重到坑坑窪窪的地步。

父親一發覺地板破損，便會趁着禮拜天，工廠休息，他不用開工，便到五金店買些英泥之類東西，倒在硬卡紙上，摻些水，輕輕的攪動，調到濃稠合度，用小鏟挑起英泥，填在崩壞的地方。動作要慢，要耐心，慢慢敷平，平得跟周圍完全一致，這樣走起來才舒服，不會顛躓，不致絆倒。大功告成後，又怕住客出入時，一個不小心，一腳踢到未乾的英泥上，前功盡廢。他用兩張小板凳，把濕泥圍住，半天後，崩崩裂裂的舊痕，已埋藏在新泥下。

本來洞中縫隙，最納塵垢；掃地時，要側起掃帚，用掃帚尾巴的側鋒，來剔起藏塵。填平洞孔後，地面平滑，顏色卻更斑駁。我還記得初時望向修補之處，見灰黑的英泥，不只跟四周地磚顏色不配襯，還釘釘補補似的，看了不太開心。後來，修補的地方越來越多，地板這兒那兒，都給英泥坦平地覆蓋着，我也漸漸看慣了，坦然了。

房子有級數之分，建材亦相應配合。這唐樓位於深水埗汝洲街，整條街都是賣布的，還好，不太複雜，但絕非好地段，又怎會用上好建材。不過，其素質跟附近樓宇比，確實特別差。再者，發展商的良心也有差異，有些只求賣掉脫手，賺個滿堂紅，哪會管地磚耐不耐用，好不好打理？

人總得腳踏實地的。

地板再不好，起碼，它鋪得平坦。碌架床、衣櫥、摺疊枱凳，放在地上，不會搖來晃去，不用找厚紙皮來把某一角墊住。地板承托了一屋人的生活，似是顛簸，又終於安穩。

到了後來，我們買些膠地板，自己動手，逐塊逐塊，用膠水去黏，然後小心翼翼，鋪在地上。地板由灰暗變成米黃。窄窄長長，窗戶很少的唐樓，好像突然亮起來。

房子是租來的，地板是帶不走的，因何要花這麼大的勁去鋪地板呢？這麼做，是傻，也不算傻。這樣把房子美化，是假設業主不會收樓，而我們會長住下去。結果，業主沒有收樓，但把樓房賣掉。而我們，在幾年後搬出，沒有天長地久住下去。

業主雖然是親戚，加租時絕不手軟，依足租務條例來加租，加到上限。後來業主移民，打算把房子連租約一起賣；另一親戚沒有問過我們的意願，竟然一片好心，建議道：「反正要賣樓，他們又住了那麼多年了，不如便宜一點，賣給他們吧。」親戚以為順理成章的事，業主卻不答腔。

幸好業主不答腔，不然，我們可能因得到一點點優惠，便永久獃在這塊地板之上，不會計畫改善環境，不會去買安裝了升降機的居屋。事實證明，人貴自立，不存妄想，才是最實際的。

回想起來，那質料粗劣的地磚，那修修補補的光景，其實象徵了窮苦的日子。在只求兩餐溫飽的情況下，地板不好清潔，又算得甚麼呢？努力修補地板，是明白到日子再窮苦，也得活下去。小修小補，即使不能脫貧，但起碼讓日子過得好一點兒。

住在唐樓那二十多年，一切還好，地板平坦，走得舒服，走得安全。

小賣部四叔

學校小賣部，常常是求學生涯中最香甜的回憶。

那時我們正值發育期，分明剛剛吃過了，可是下課鈴還未響起，早已餓得咕咕叫了，於是鈴聲一響，就恨不得飛身到小賣部去。要是先生一唱再三嘆，拖延下課，沒體諒到學生年輕而巨大的胃納，那便苦了。小賣部在地牢，得跑下樓梯，路程不短，小息時間偏偏有限。一馬當先者，尚可從容飲一瓶熱維他奶，食一個菠蘿包；來遲者則排在隊尾，不只飢腸轆轆，還心急如焚，有時還沒輪到，上課鈴聲卻已響起，催魂鈴一樣催着羊兒歸去。

四叔掌管小賣部，不知多少年了，還記得當年我們這班中一新生，在迎新日那天，尚未端坐禮堂恭聽校長訓話，已先到小賣部幫襯了。四叔當年五十有餘，矮矮瘦瘦，陸軍頭，穿短袖文化衫，黑布褲；手腳麻利，說話爽朗。他最常使用的工具是開汽水的Y形拔子，開瓶器永遠掛牆上，用繩子綁着，十分就手。在小賣部做生意，必須分秒必爭。上課前、小息、午飯、放學後，這幾個時段他都充分利用，準備妥當。他開汽水，手到拿來，「啪」一聲，已拔走蓋子，二氧化碳化成一股氣，立刻噴泉一樣洶湧而出，姿態美極了，激揚如青春。青春的我們卻雞手鴨腳，往往要用力兩下才拔走蓋子，一而洩，再而漏，聲勢盡失，氣泡又怎會衝出瓶頸，流得淋淋漓漓呢？半透明的飲管，也掛在當眼而易取的地方，很信任很大方地，讓我們自取。菠蘿包、豬仔包都用雞皮紙袋袋好，一取一遞，方便快捷。買賣銀碼小，誰都會心算，找贖快，流程暢順。

中學六年，從未見過小賣部暫停營業；散發白光的光管總是亮着，汽水麵包總能源源供應。為甚麼呢？也許四叔想把握每一個賺錢的機會，也許他責任感很重，也許他放不下。若不開門，學生又沒有自備食物，會餓壞的。這許多理由都可信，加起來便成為一股持久的力量。

學生對小賣部的支持，一屆又一屆、一代又一代地延續下去；對四叔的喜愛，也是代代相傳。我們對師長畢恭畢敬，對校長、副校長則戰戰兢兢，對四叔卻自在得多。而且，跟四叔接觸時，往往是飢餓得到飽足之時，吃的心情，令人格外愉快，於是眼前的人物便格外可親了。說實話，我們的確很乖，很懂得為他人着想，喝了汽水，瓶子不會隨處亂放，必定放回專放汽水樽的多格箱子裏，還把飲管抽出來，扔垃圾桶，不給四叔任何手尾。

在我們眼中，四叔好像從沒有閒下來的時候，就是放學之後，學生漸漸散了，小賣部不再排着大隊，他才坐下來，不是看報紙，不是刨馬經，而是架起老花鏡，把單據整理。

學生對世事說懂不懂，總之感覺到四叔在學校的位置有點獨特。他不是老師，不是校務處職員，亦不是校工，好像不直接隸屬於學校，所以不怎麼拘束。可是他又能完全配合校曆表來運作，那麼，他以甚麼方式立足於學校呢？

其實，我們忙着唸書，數理化已把小腦瓜弄得頭大如斗，連早點也要跑着來買，急急嚥下。所謂閒暇，不過是跟三數同窗，坐小賣部外的飯堂，悠悠飲汽水，其他事是不清楚的。

中學生涯，像一瓶汽水，很快已喝完了。畢業後，聽聞四叔拜託另有高就者：「聽講您轉到新學校做副校長，可以話事，能不能帶我去呢？」「我又怎能撬舊校牆腳？」更何況，帶同人馬跳槽，或會惹來新校猜測，人家怎會答應？

我們以為四叔是校園角落的老樹，天長地久，守在一隅，吸收養分，伸出綠蔭，未免一廂情願，過於感性了。商人頭腦靈活，希望跳到新地方，爭取更大生意額，也是進取，未可厚非。

玻璃樽裝的汽水今時已不流行，小賣部光景如何呢？四叔也許已在天上賣汽水了，他開汽水蓋的身手，一定靈活如昔的。

先倒下的精兵

書籍之中，我很喜歡繪圖本。文字與圖畫，都可以令人着迷，圖文並茂，的確更為豐富。

手頭上有書，名《聖經的故事》，輔以插圖、地圖及相片。故事從創世紀開始，聖經的由來，亞伯拉罕的子孫，迦南的地勢景物，猶太人的風俗、飲食、器物、衣飾及農作物，皆有圖片說明。我一面看，一面訝異於自己的記憶，我怎麼能把聖經的概略記得那麼清楚？我屬於選擇性記憶的那類人，往往只能把零碎片段記牢，不能編年式地記憶，至於人物、戰事、地點等，亦未能全盤掌握，故此中史、世史都無法名列前茅。

可是翻閱此書時，出乎意料，每一頁內容，我幾乎都記得清楚。伊甸園、挪亞方舟、雅各摔跤、約瑟解夢、摩西過紅海、參孫、撒母耳、掃羅、大衛、所羅門……脈絡竟然相當清晰，這不是我的最弱項麼？似是奇怪，但又不然，只因看書之時，連着插圖一併飄在眼前的，是一個瘦削卻挺直的身影。響在耳畔的，是一把堅定自信而富於號召力的聲音，那語調是苦練過才練成的。

我不能自已地想起一位聖經先生來。若不是她教導有方，我這個資質平庸的學生，大概只能把聖經的枝枝節節或者一些金句記住，沒可能上下貫通地，把舊約如何發展弄得明白。然而，想起這位聖經先生，心情卻不無糾結。

中一聖經課學了甚麼呢？確實渾忘了。只記得先生一走進教室，就著我們低頭禱告，待聽到「誠心所願」這句，方能抬起頭來。那時脖子真的有點瘆了，祈禱時間實在很長，只因先生非常虔敬，她五十多了吧，活力動力不足，跟學生的距離，難免遙遠。

中二那年，一個年青女子任教聖經，還主理全校宗教事務。這女子人雖高瘦，卻無弱質之態，眼神手勢腔調，都十足是傳道的風格，原來是畢業於長洲一家很有名氣的神學院。

魅力，是上帝額外賜給她的。儘管不算漂亮，可是充滿了傳道人的魅力，來了沒多久，已大受歡迎。早會結束後，她總是伴着校長和副校長，笑語盈盈，從禮堂走回教員室。小息時，在走廊在水池旁，又有同學簇擁着。得她推動，決志信奉基督者確是大增。午間祈禱及團契都活起來，好像注入活水一樣。

我還記得，她在第一課先問班上誰已領洗，誰已慕道，記錄了，便鼓勵這些同學要做基督小精兵。但見她們臉上帶點羞赧，然後仰起臉，意志忽然昂揚起來。精兵二字，聲音鏗鏘，聽了真能激勵人心。精神抖擻，聞雞起舞，中流擊楫，不就是精兵的樣子麼？到了後來，我覺得先生正是精兵中之精兵，她從不軟弱，從不後退，總是勇往直前。

她講書很有條理，擅長使用圖表，先作縱軸説明，也難怪我沒有陷於見樹不見林的狹景。然後再作橫向論述，説得清晰分明。她講話總是一句就是一句，甚少躊躇，語氣永遠那麼篤定。這反映了她性格剛強，且信仰根基穩如磐石。

班上的基督小精兵跟她非常熟稔，説先生在禱告時候，得神訓示，差遣她來此校任教。這故事把老校長感動得差點落淚，難怪她新來初到，已極得器重了。她在任何時候，都是精兵。

有天小精兵向我們宣佈大喜的訊息，原來先生快要結婚，準新郎是牧師，苦追她多年才成功。聖經裏迦南婚宴，耶穌變水為酒的故事一下子湧上心間，大家都替她高興。小精兵往教堂觀禮後，又報道一番，最後卻加了一句，說校長和副校長都親來恭賀，奇怪不見校內其他先生。我忽然省起她跟上司密切，與學生熟絡，但是好像不與同事來往。那麼她抱持着甚麼心態呢？

我們期待新婚的她會穿紅色套裝回校，不是大紅，起碼粉紅吧；沒想到她依舊穿得深沉灰暗，可喜是嘴角添了笑意，人仍然骨崚崚，瘦得硬朗。

到了中五那年，我的身體愈來愈弱，確實不勝負荷了，竟然愚騃無知，向副校長提出，要在會考退選聖經。我站在教務處門外等候，還未有正式回覆，先生已步出來，交叉兩手，瞅着我，不發一言，我像接受最後審判一樣。從此，她待我的態度已不似往日了。而副校長則召我入內，不只嚴詞拒絕，還訓斥一頓。

也許她們認為我是逃兵，不是精兵，所以看不起我了。在宗教路上，我並不熱心勇進，的確不配稱為精兵。然而，我在校內已數次暈倒；一個病人，想卸下擔子，應該受到苛責麼？

畢業多年後，有次看見先生接受電視訪問，原來她已是另一家中學的校長了。事業有成，人生豐收，真不愧是精兵。

再過了幾年，在報紙上讀得訃聞，那年她才四十四。聽說因癌症辭世，更不幸是當年苦苦追求她的牧師丈夫，竟然不忠於她。心情悒鬱，或恐致病。

我把《聖經的故事》輕輕合上，感慨於精兵中之精兵，鬢尚青青，雄心未已，卻恨病交煎，太早就倒下來。

王小二過年

童年歲月中，過年時候，談不上有甚麼歡樂。

也許是我本性不愛熱鬧，中國式的喜慶，從來無法投入。新年氣氛，人聲鼎沸，眾音噪亂；平日一屋二十餘人的唐樓，一早一晚，大人孩子都擠在一塊，實在水洩不通了。初一至初三，更有親友來拜年，黑壓壓的滿屋都是人，要找立錐之地也難。那時，儘管內心煩躁，坐立不安，可是面上仍不得不帶着笑，嘴角要往上彎，不可苦口苦臉，只因姑婆再三教誨，一定要「周年旺相」，牆上揮春也有這麼一張。為了做一個好孩子，我勉強自己去應付過年種種；更貼切的描寫，是應酬；應酬傳統新年的人情習俗。

回想起來，那年代的人很受俗例束縛；親戚之間，禮數不能簡慢，不登門拜年，人情便說不上去。若今年不來，明年不來，關係便漸漸淡遠，從此可能不來往了。拜年這禮節，寒暑表一樣，探測着親疏厚薄；簽到手冊一般，記錄下緣起緣滅。

登門拜年，手信自是不可或缺。在春節期間，路邊突然多了許多推車仔的水果攤；原本已擺攤的，則臨時大大擴充，把盛滿水果的紙箱木箱，盡量陳列。金澄澄得發亮的金山橙，有五粒「的」的蛇果（蘋果）是送禮佳品。儉省的用雞皮紙袋來裝，頂端另加紅紙一張，再用紅繩紮緊，打結。手信便晃晃盪盪，卻又穩穩的拎在指掌之間。

講究些的會另外買果籃。那果籃設計得真好，跟紅繩打結，有異曲同工之妙。果籃以鐵線屈成，摺疊起來不太礙地方，一撐開，便變成八仙賀壽裏藍采和捧的那個花籃：寬口高腰圓底，線條優美。裝滿了水果，提着手挽，送禮大方得體。那麼漂亮的設計，日後竟然淘汰了，十分可惜。

士多也不吃虧，把金杯朱古力、Carro黑朱古力、瑞士糖、丹麥藍罐曲奇餅，堆放門外。辦館較為高級，除了糖果外，更供應洋酒，白蘭地威士忌等。那麼高檔的消費品，於貧戶而言，當然是可望不可即；那彷彿是另一個世界了。

過年送禮，於貧苦大眾，也是額外重擔，百上加斤。收禮者按俗例，回利是一封，中間又涉及計算。這樣禮尚往來，不是太累了嗎？至於禮物，往往很快就轉贈了，兜兜轉轉，親友有時屬於同一圈子，收回自己送出的禮物，是大有可能的。把禮物循環，意義何在呢？

孩子要隨着大人東奔西走，向長輩拜年，夠累的了，這個還不算甚麼。其實，我最怕上某些親戚家。我們的家道，親戚怎會不知？我這個最窮的孩子，在同輩中，偶然會受欺負。而我素來都拙於詞令，遇上口舌鋒利的，給人搶白幾句，完全不懂招架，那些場面猶歷歷在目，一切已烙在年幼的心靈。我有點戀家，喜歡窩在家裏，可能那時已明白到，家，才是最安全的。長大後聽課，聽到舒適區（comfort zone）這心理學名詞，恍然大悟，原來家是不折不扣的舒適區。過年時，為了禮數，找不出推卻理由，唯有離開舒適區。

說家是舒適區，一點沒錯，尤其在禁止燃放爆竹令之前。

中國人愛熱鬧，過年時候慣了放爆竹，用爆竹震耳欲聾的響聲來製造吉慶。爆竹我不敢放，更不喜歡玩。點燃爆竹，又有甚麼好玩呢？在街上走，真是驚心，一些貪玩又缺乏公德的，竟然惡作劇地，把爆竹引子點燃，再從高處往下扔，途人一個不幸，遭爆竹擲中，後果堪憂。因玩爆竹而炸傷，甚至炸盲的新聞，屢見不鮮。

爆竹鳴放，霹靂靂靂，脆弱心靈，薄薄耳膜，怎受得了？爆竹放盡，硝氣瀰漫，氣味教人不舒服，接着彤紅的爆竹衣，滿天亂飛，終於零零落落，一地碎屑，竟有繁華落盡的飄零意味。今時今日，爆竹卻讓我想起澳門。當年供應爆竹的正是澳門。澳門不少窮苦人家，是靠做爆竹為生，那是小手工業。

爆竹一聲除舊歲，日子飛逝，心頭有許多東西還揮之不去。

過新年，小孩子有利是逗，理應歡天喜地，於我也不完全高興。利是，乃心意，可是世俗始終是世俗；利是，是人情，便有所謂公價了。記得幼時的利是，多是每封五毛，或每封一元，兩毛一封的已是絕少了。為了身價，吝嗇者也不好意思拿兩毛來封利是，可是問題在於派利是的範圍超出預算，便份外肉疼。我雖然不清高，但是也不貪婪，不自在者，是在某些特殊情況下，與一些人不期而遇，像在走廊與鄰居的親戚打個照面，人家本來不打算贈利是給我，但既然遇上，不給又不好意思，於是神色勉強把利是遞過來。那時真是難堪，要也不是，拒絕也不是。自己年紀雖小，但有足夠的覺察力，卻苦於欠缺應變力，不懂得如何處理這種場面。

那時生活雖然清苦，可是沒有利是錢，也不至於捱餓，平常日子，過得平平靜靜，新年來了，反而添了不快。難看的面色，比天氣更寒冷，比起利是封裏的錢幣更冷。至於在小孩子而言，那麼早就經歷人情冷峻，是好還是壞呢？我自己親身經歷過，卻答不上來。

新年原本是喜氣洋洋、萬象更新的。然而中國人習俗太多，無端衍生出種種問題，小孩在本應歡欣的節日裏，竟然悲哀起來。

父親在製衣廠工作，年底時，老闆願意借糧。工廠一個月出兩期糧，要預支約半期糧，才能應付年關。團年飯、開年雞都是借糧得來的，怎能吃得痛快？所以父親總是嘆息說：「二月窮。」既要還債，過年休息四天，掙錢少了，兩頭緊縮，二月怎能不窮？

在這樣環境長大的孩子，不喜歡過年，其來有自。

小莫小於水滴

月前在亞視，看到二〇〇三年春天劇團上演的「麗花皇宮」，其中有此一段：歌星葉麗儀縷述入行經過，原來自獲獎後，得顧嘉煇賞識，常邀她唱廣告歌，歌酬是每首千餘元。當年她在銀行當文員，連晚上加班，工資也不過千餘元。説罷，便曼聲高唱：「小莫小於水滴，漸成大海汪洋；細莫細於沙粒，聚成大地四方。」呀，這是恒生銀行當年的廣告歌，家傳戶曉；其實，何只歌詞耳熟能詳，連配合歌詞的電視畫面，也立刻浮現腦海。三數小孩，專心一致，在海灘把幼沙砌成城牆，又匯聚細流，引水成河。小孩笑臉，滿溢快樂和滿足。廣告勵志，思想積極，當時社會風氣如何健康，只能遙想。唉，今時今日，銀行只會叫你借貸，哪會教你儲蓄！多少年前的老歌呢？幾許香江舊事？

此廣告歌由黃霑填詞，只有四句，短小精悍，易唱易記，難怪至今許多人仍能隨口就背出來。歌曲音調輕快，歌詞近乎對偶，帶出了叫人鼓舞的信息：儲蓄能積少成多。美好人生，由儲蓄開始。這套想法，與中國傳統智慧所謂的小富由儉，一脈相承。所謂聲入則心通，在歌聲潛移默化下，在整個社會氛圍中，小孩子也明白儲蓄的好處。

錢罌，是儲蓄的象徵。當時最流行的錢罌，是粉紅色的小肥豬，瓷造。小豬脊骨中央開了一道縫，錢從縫入。豬背朝天，豬肚向地；肚皮不顯眼的地方暗藏出口，卻給黑色膠蓋掩緊；要開蓋取錢，得費點勁。肥豬錢罌，造型可愛，福氣滿溢；豬肚鼓脹，肚滿腸肥，象徵腰纏萬貫。

我的第一個錢罌，甚是寒傖，是瓦做的，質料粗糲，外形像小鼓，不像小肥豬那麼光潤。我之所以買瓦罐而捨瓷豬，只得一個理由：瓦罐便宜。硬幣投進瓦罐，噹的一響，響得不夠清脆，可是無聊時，偶然會把錢罌搖搖，錢罌本身有重量，加上硬幣，捧起來有點重了。擁抱錢罌，夢想也變得實在。這種錢罌的好處，是有進沒出，杜絕了游思妄想。心意不堅的，即使把錢罌倒轉，用力去搖，希望錢從窄縫掉下來，奈何多半徒勞。除非狠下心來，用鎚子砸爛錢罌，讓錢幣與瓦礫，滿地飛散。錢罌破了，再買要花錢，如非必要，絕不會動不動就打爛錢罌的。這種手法非常約束，刻意製造牢不可破的處境，只許進不許出，斬釘截鐵。銀行零存整付的儲蓄計畫，不知是否脱胎於瓦錢罌。

第二個錢罌是唐老鴨。這不能飛的唐老鴨，絕對是飛來的運氣。小學時，商業電台有兒童節目，讓小孩在米高峰前唱歌、講故事、猜謎語等；節目主持是何詠琴姐姐。參加節目，要寄信申請，抽籤抽中，方能獲邀入商台，這是運氣。入得廣播室，見何姐姐穿了素雅旗袍，儀容端麗，語氣輕柔。她發問問題，我們鬥快舉手，她説我舉得最快，讓我來答，僥倖答對。到了最後，六七個小孩抽籤，大獎只得一份，就是渣打銀行送出的唐老鴨錢罌，與十元現金儲蓄戶口；其餘獲贈小禮物。那大獎，居然落在我掌中。一連串運氣，讓我走上更規範的儲蓄路。

我拿着領獎信件、兒童身份證，到油麻地渣打銀行開戶。第一次擁有戶口，手握鮮黃色印上唐老鴨的存摺，心裏充滿了成功感。儘管只得十元，然而，已經躊躇滿志，站在起跑線上了。

唐老鴨錢罌，十吋高，腳底有蓋，另有鐵線及金屬圓扣，把蓋固定。要餵飽唐老鴨，得奮鬥好一段日子；成功填鴨後，把鴨子帶回銀行，職員用鉗子扭開鐵線，拉起蓋，哇啦啦，錢倒在盆子裏，點算清楚，即存入戶口。不過，這錢罌質料欠佳；唐老鴨初來時，神神氣氣，高踞五桶櫃上，竟散發一陣難聞膠味，過了若干日子，膠味才逐漸消散。

到了後來，我得到第三個錢罌，是一幢造型對稱，高度富層次美的樓宇；那是滙豐銀行所送，仿照中環總行而造。大樓棗紅色，且是單色，跟五色繽紛的唐老鴨比，更為沉實；大樓用上優質塑膠，雕刻線條清晰分明，看得出是精心製作。大樓基座下，同樣暗藏了蓋。錢罌樣子較為成熟，正好配合我的年紀，到底是中學生，不再是稚氣的唐老鴨了。

我，還有同輩，當年是怎樣儲蓄呢？基本上，我們每年都有一筆收入，就是利是錢。有利是錢在手，就謹記着，十個指頭不能有罅！此話怎説？小時候，很喜歡預測將未來誰貧誰富？方法是十指合併，看看指縫間可有透光；若指間有隙，表示那人大花筒，錢始終會漏走。若十指緊密，無縫無罅，那麼這人是密底算盤，有本事守財。孩子互比雙掌，我驚見自己指縫間，有窄窄的光漏出，所以常常警惕。若學期告終，校簿尚餘若干空頁，必定把餘下的小心撕下，幾本舊的合起來，下學期便可用。還有，吃雪條只吃最便宜的紅豆，不捨得買脆皮，更莫提甜筒雪糕了。當年巴士是分段收費的，不巧有同學住在分段後一站，他便提早一個站下車，寧願多走些路，好省下一半車錢。

這些省錢方法，說了也覺可笑，年青人看了，大概嗤之以鼻。然而，慳慳儉儉的生活點滴，確實匯聚成我們的童年。那時社會普遍貧窮，唯有把錢一分一毫地省，希望細沙積累，積累多了，便是出頭之日。

用今日觀點去看，儲蓄仍是不二法門，否則，何來第一桶金？有了第一桶金，才能投資，才能置業，才能致富。

傻瓜呀，要是當年懂得投資之道，把瓦錢罌打碎，錢都用來買恒生銀行的股票，一直持有，真個是「小莫小於水滴，漸成大海汪洋；細莫細於沙粒，聚成大地四方」。

百貨公司自在行

購物，本來是開開心心的，可惜我的童年經驗也不盡然。

我家隔鄰，有小士多，屈在唐樓樓梯底，賣汽水、散裝椰子糖、發達糖等，由一對老夫婦鎮守；儘管常常幫襯，老闆卻有時晦氣。北河街街市，姑婆和母親常去，那兒是深水埗最大的街市，雞鴨鵝魚，腥、濕、滑、潺。人山人海，主婦手拎菜籃，你推我擠，而且滿地泥濘，每次回家，小腿都黏上點點泥漿。

這種購物，純粹為了實用，不只不快活，要是遇上兇巴巴的小販，會沒由來就把你罵一頓。你已經一眼關七，步步為營了；然而，小販呃秤，乃是天經地義；奸商魚目混珠，實在防不勝防。那環境，凸顯了人性的奸險，文明的不彰。小孩子，就是再不懂事，只憑直感，也不會喜歡街市。

幸而區內有百貨公司。百貨公司的格局，確實不同，門面闊大，櫥窗明亮，店內走廊暢通，櫃位高度恰好，貨物排列整齊，單據清楚，貨物出門，或可退換……其實，那公司檔次不高，算不上非常有看頭，不過聊勝於無。我只是逛逛，絕少購物，只看不買，也不會捱罵。那麼，只要路過，只要有閒，我會走進百貨公司。而且，我已經懂得跟店員的眼神接觸，點點頭，大大方方，這樣會更為自在。

我是土包子，一看見丁點兒新穎的、優美的、精巧的，便讚歎得不得了。

當年我們的視野，像個小圓規，以深水埗為圓心，半徑窄窄的轉一圈；那圓圈，委實細小，對百貨公司的認識也一樣。連卡佛鼎鼎大名，從未聽過。龍子行是甚麼？弗能知之。瑞興呢？天祥呢？沒有印象。幸好先施、永安，尚算知道。國貨公司如中國、裕華、華豐、中僑、中孚，還算認識。

姑婆比我更愛逛公司，她在製衣廠車衣，工錢以每打來計算，多車多得。工廠多半隔一個禮拜放假一天，趕貨之時，甚至要開夜工，沒有固定假期可言。正因不穩定，假期便顯得份外可貴，所以我老是盼望她放假。

有些人認為「無事出街少破財」，逛街可能破財，更何況逛百貨公司，肯定大出血，所以懶得出去。姑婆雖然辛苦掙錢，但是在工廠與板間房之外，總得尋找生活情趣；環境已經局促，怎能畫地自困？所以每逢休息，常常牽着我，步過長沙灣道，走進彌敦道，悠悠然步行半小時，便抵達位於旺角的人人、大人去。

人人、大人，都是日本百貨，與鄰近維多利亞公園的大丸，遙遙相對。為甚麼公司名稱，總是筆畫少，又順口？兒歌音符，掉進商業世界去。日文翻譯成中文，就變成那麼有趣嗎？那是我兒時疑問。

人人、大人的規模，難望大丸項背，卻已教我們流連忘返。人人、大人的店員，特別有禮，特別殷勤周到，很主動向客人解說與貨品有關的小節。印上公司名字的包裝紙，紙質精良，包得整齊；大件貨品，另加手挽，方便攜帶。我們從旁觀察，訝異於店員心細如塵，原來服務可以高到這個水平，想起在街市偶然不快的經歷，就更喜歡那種購物氛圍。

另一點令我興奮莫名的，就是糖果。教人無法忘懷的，不是糖果本身，甚至不是五彩繽紛的美麗包裝，而是，呀，糖果像夢幻般出現，像童話般降臨。那些糖果，不是靜悄悄躺臥在玻璃瓶子，而是給輸送帶載着，踏着輕快的步伐，在悠揚樂曲伴送下，一盤一盤，滑到顧客面前，你要買嗎？快點抓一把，放進小籃子裏吧。哎呀，跑了，別急，很快就重來了。幾十盤糖果，或圓鼓鼓，或幼如豆芽，或方如骰子，忽而趕來，忽而消失，循環不息。我們目瞪口呆，眼神追逐，很想了解輸送帶怎麼運作。叮叮噹噹，噹噹叮叮，賣糖果而出動重金屬機械，需要妙想天開的頭腦，需要一擲千金的投資，真是難得啊！

往往盤桓了小半天，才興盡而返，沿着原路踱步回家。儘管逛了公司，我們兩手空空，沒買過甚麼；昂貴消費，不是草根一族所能負擔的。姑婆知道我一定累了餓了渴了，便在樓下士多買兩瓶維他奶一起喝，我們又回到粗礪的現實世界了。老闆不是人人、大人的店員，不會彬彬有禮，他不耐煩招呼。

後來，姑婆年尚未老，已經過世。人人、大人結束營業。接着有家叫大大的，是港資百貨，逢禮拜五、六、日，全店八折；策略錯誤，不得不關門大吉。「大丸有落」，是坐小巴到銅鑼灣，乘客通知司機下車慣用的術語。大丸，不是永恒地標嗎？竟連大丸也撐不住，給割為一間一間小商戶。瑞興呀、天祥呀、中僑呀，還有數不完的百貨公司，無可奈何，逐一清貨結業，「執笠」了。

叮叮噹噹，噹噹叮叮，以輸送帶來賣糖果，的確是夢幻，的確是童話；此後，我再未重遇。當時我們住的唐樓，只在騎樓房和尾房有窗，姑婆卻懂得另開天窗帶我去逛公司，呼呼氣，望望星月。原來舶來貨品這般考究，原來新產品已經改良，原來有所謂以客為先的服務精神，我們的眼界開了，已經超越了骯髒的北河街街市。

逛百貨公司，免費享受，從容觀賞，所謂自在人生，大概就是如此了。叮叮噹噹，噹噹叮叮，聽來多自在啊。

賣點心

尋夢的女孩子，參加了「工作假期」（Working Holiday）計畫，實行寓遊歷於工作，一年後，帶着澳洲的陽光回港。其實，海外飄泊，人浮於事，難覓優職，所以她曾在凍肉店售肉、在果園剪葡萄、在茶樓賣點心……

「賣點心？」「嗯，這份工不算辛苦，不用推車仔賣點心。茶樓有點心區。點心都擺桌上，林林總總，疊得高高的，我只是站在長桌前，茶客要甚麼，就立刻遞上。」聽着聽着，眼前彷彿飄起幾縷輕煙，竹製蒸籠，煙氣氤氳。蒸籠也是疊得高高的，可是並非放桌上，也不是放點心車裏，而是掛在胸前，用大盤盛着，粗帶子掛在肩頸。賣點心的多半是老頭、婆子，還有十歲左右的童工……

上茶樓飲茶，大概每月才一次，有點心可吃，孩子理應歡天喜地，我卻引以為苦。

深水埗南昌街，有一家老字號，叫「有男大茶室」。名字十分封建，不過，那年頭茶客確實以男人為主。茶樓位處街角，兩邊通風，門戶大開，鋪面卻細小。樓下有L型玻璃櫃位，訂酒席、做月餅會、買嫁女餅等，都在這兒辦理。嫁女餅以擔為單位，禮餅放大紅圓漆盒裏，用擔子來挑，難怪要以擔算錢了。天天謹守櫃位，像一隅茶樓風景的掌櫃，跟我們是同屋，一家七口也是住在唐樓板間房。鄰里情誼，頗為深厚，所以在這兒飲茶，總獲優待。茶博士會給點面子，不只找座位特別容易，連算茶錢也例必少算一兩位。熟人熟路，座位、招呼、茶葉、點心，都有保證，心理上進入了舒適區，所以家人很愛上這茶樓。

一道樓梯，領茶客登上樓上雅座，這才是飲茶的地方。名為雅座，真是名不副實。天花很高，垂下吊扇，扇葉長年積滿塵埃，我常常擔心扇葉吱吱嘎猛轉時，塵埃會隨風而下，落在蝦餃雪白半透明的餃皮上。地板全用紙皮石來鋪，縫隙永遠黑黑的，藏着不知積了多久的污垢，而煙灰、煙蒂、火柴、煙包、鳳爪骨、墊叉燒包的紙、糯米雞的飯粒、蛋撻的酥皮碎屑……應有盡有，散落地上。清潔大嬸推着地拖來打掃，喝令一聲：「縮腳！」人人立刻遵命，讓雙腿懸空。這也不算甚麼了，因為這動作完全配合清潔工序，發揮了合作精神。

最教人不快的，是一些穿唐裝的老頭，光着腳丫，提腿，豎起，踩凳，踎坐；煙圈與粗口，朝着四周亂吹。這些人跟我不相不識，卻被迫搭枱，共坐一桌，粗魯舉止，烏煙瘴氣，都得忍受。這還不夠，痰盂蹲在這兒那兒，有幾聲咳嗽，想清清喉嚨的，肆無忌憚……

大同、陸羽、多男、得雲，這四大茶樓上，應該瀰漫着精緻的品茗文化吧。我沒資格登樓，茶壺蒸籠，冒出縷縷輕煙，連想像也迷迷濛濛，隔斷於貧富懸殊中。

草根茶樓上，排骨腸粉春卷蘿蔔糕，香氣不絕，陣陣飄送；不過，骯髒、嘈吵、雜亂所形成的氛圍，才是巨型蒸籠，甚麼美味點心，籠罩其中，再美味也不是滋味了。每次提起飲茶，我都萬分不願，寧願留在家裏，沖阿華田或好立克，用煉奶塗白麵包，味道當然不及茶樓師傅的巧手點心，但起碼耳根清靜，地板沒有痰漬，不用跟閒雜人等同枱。可是，既然父母要去，也不敢不去。我一上茶樓，先用紙把座位拭抹，幸好卡座及方凳全鋪上防火膠板，一抹就乾淨。可是，我依舊坐立不安。這種厭惡腌臢的本性，看在父親眼裏，很不以為然。窮等人家的孩子，沒道理養得嬌貴。父女的矛盾，在小小茶盅裏，在普洱茶香中，忽然漾起，忽然濃了。我總是匆匆吃一點兒，就託辭明天要英文默書，連忙告退。

可是有一天，驚見叫賣的，竟然有三個男童；大盤點心，掛在胸前，粗帶子掛在肩頸。我內心一震，然後半低着頭，不忍張望。自己那些疊得高高的課本，人家疊得高高的蒸籠；自己那影樹連枝的校園，人家燠熱難當的廚房，一下子交疊在一起。煙氣繚繞，我的眼眶濕濡了。

這活生生的生活教育課，不期而遇，不在專家編訂的課程內，沒有老師從旁指引，卻震撼了小心靈，叫我慚愧。以致多年後，一聽見賣點心，就回憶起那些失學孩子的瘦小身影。他們揹起了點心盤，揹起了養家重擔，去做毫無技能、更無前景的工作。熱騰騰的蒸籠，幽暗暗的廚房……

鵪鶉蛋燒賣、銀針粉、有男大茶室、賣點心童工，一一消逝了。也許，傷感是毋須的，當年的點心仔，可能早已擢升為點心大師傅了。只因那年頭，誰也不敢放棄肯學肯捱肯搏的香港精神。

凶宅

深水埗汝州街那幢唐樓，是我幼時居所。業主是族中長輩，後來業權易手，我們仍租賃下去，共二十餘年。期間的悲歡離合，像狹長陰暗的走廊一般長。

那唐樓七層高，一梯兩伙，狹長如火柴盒，結構左右對稱，像孿生子。為了符合消防條例，乃有前後樓梯，於是門也有兩扇。前門為了防盜而森嚴。後門則連接廚房，安置了晾衣架和垃圾桶，常常進出，所以清早開門，臨睡才把木門拴上，除非下雨，否則常開。後門成為秘密通道，兩間房子互通聲氣，雞犬相聞。後門因開放而睦鄰。

鄰舍姓陳，一家三口，我們稱呼為阿婆、姐姐、哥哥。阿婆白淨臉皮，清爽乾淨，斯文和氣，較為沉默。她夏天穿短袖上衣，下襬有兩個口袋，人稱這種衣裳為「阿婆衫」，因為口袋貼身，正合把錢守護得緊的老太婆。阿婆雖然自奉儉樸，早茶一盅兩件的錢捨不得花，但是給我們一屋十多個孩子的紅封包，卻依足公價，不厚不薄。姐姐在家裏車鞋底，她跟阿婆完全不同；胖乎乎，黑黝黝，嗓門大，性情直，愛指揮。每次我溜到她那兒，她總是着我替她數鞋底，每一打排成一份，從這端排到另端。我們背後稱呼她為胖姐姐。哥哥行船，一年只回來一兩次，他長得高大黑實，一開腔就兇巴巴，像罵人似的。我們背後叫他做「牛精陳」。

後門外的空地，僅容兩扇門打開，小小的，居然有點後院情致。那兒朝南，好風徐來，雖然周遭房子密匝匝如針插；可是位處六樓，高層開揚，舉頭看天，可以看得遠遠。一踏出後門，視野開闊，情緒放鬆。傍晚時分，阿婆洗米後，總愛站在後門，跟我母親和其他正在下炊的主婦聊天，一邊説，一邊留神火爐，便不虞燒焦飯餸。有一回，母親煮飯，煮了一半，發覺火水爐沒有火水，奈何家裏沒錢，唯有從後門走過去，向阿婆借兩三塊錢來買火水。阿婆敦厚，從未向鄰居提及此事。

幾年後，胖姐姐出嫁，阿婆為女兒打了一雙龍鳳鈪做嫁妝。鈪身粗，戴在胖姐姐滾圓圓的腕上很相稱。阿婆自己所戴的金耳圈和金戒指，卻是幼幼的。

胖姐姐嫁後，屋子騰出來，阿婆想出租，又不敢貼街招，母親便介紹舊街坊來住。她們是一對母女，女兒在製衣廠車衣，肯拼搏亦識享受，大手筆地花了三百多塊，來買十四吋黑白電視。那時無綫電視剛剛成立，於是逢禮拜一到五晚上，我們就坐在她床上，看《歡樂今宵》。阿婆也愛看，又不好意思跟我們擠，便挨在門框的花布簾，我們連忙靠近些，請她坐。六七個人擠在窄窄的碌架床下層，看梁醒波與沈殿霞互相取笑，大家也笑作一團。那光景，真似《星光伴我心》的場面。

那年頭，房客擠在白鴿籠裏，私隱觀念不強，誰也不嫌誰入侵了居住空間，反而相處得很自在。鄰舍關係，單純而親切。

我們那邊許多人喜歡打麻將，白天阿婆常來打牌，晚上牌局則輪不到她，因為一些雀友嫌她打得慢，又嫌她計麻雀數常常出錯。

幾年後，牛精陳娶妻，妻子是澳門人，在賭場做荷官，婚後辭工。對於荷官這行業，我們不無好奇，只見她略有姿色，可是一雙大眼睛很兇。師奶們都說，她與牛精陳可謂天生一對，絕非善男信女。鄰里初遇，打個招呼，商業應酬似的。既沒有初歸新抱的溫順，更沒有初嫁新娘的羞澀。其實人家在「賊船」謀生，見慣世面，又怎會含羞脈脈？牛精陳亦不再行船，就把住家改作山寨製衣廠，我們不敢再串門子了。阿婆依然常走過來，有時臉含慍色，有時眼圈紅紅，説兒媳待她不善。眾人十分諒解，便你一言我一語，罵他倆不肖；發揮了同理心的效用。阿婆聽了，怨氣稍平，再看看午間電視，或打打牌，才從後門回家去。《歡樂今宵》已成過去，含淚日子似是無休無止。

有一天，下着大雨，中午時分，山寨廠工人午飯去了，裁床師傅第一個回來，驚見阿婆懸樑自盡……後門之外漫天風雨，後門之內電擊雷轟。

那時我住在中大宿舍，在星期六晚上回家。樓梯的燈光本已暗淡，那夜彷彿更暗。一轉上六樓，見鄰家門外燃點了白洋燭。燭淚在淌，重重疊疊，滴於門前；阿婆黯然辭世四天了。我當下震了一震，又很快平復下來，踏上階梯，向着白洋燭的焰光，深深鞠躬。

翌晨，胖姐姐立在後門，原來她來索取阿婆的照片作留念，我們忙上前慰問。她的哭聲真可震瓦，重複又重複問：「為甚麼不肯搬來和我住？」我母親也重複又重複説，要是那天不下大雨，沒把後門關上，阿婆一定過來傾偈，傾完氣就消了，不會走上絕路的。喪禮上，牛精陳夫婦向親友解釋死因，說是一時痰塞所致；砌詞遮掩，面無赧色。

鄰舍一下子變為凶宅，我們這戶十多人，沒因此而打算搬走。一個人生前和善，死後怎會害人？更何況彼此有二十載情誼。我素來膽小，很容易作噩夢，在凶宅之鄰，住了五六年，竟毫不畏懼。這凶宅的女主人，曾經在我家幾乎斷炊之時，借錢給我母親買火水，解了燃眉之急；鄰里之間，相濡以沫，瀰漫溫情和信任。

偶爾想起那凶宅，不覺恐怖，只覺哀沉。

記得當年認字

中文字，繁星般在我心頭閃耀。可是，字非常多，筆畫相當複雜，字音個個不同，要把字認真記住也不易。童蒙時代，識字之始，我是怎樣把中文字一個一個認下來呢？

學習，不在案頭；良師，不在學校；認字，卻在路邊。

我家在深水埗，那一帶的房子多是唐樓，樓上民居，樓下店鋪，民生所需，色色俱備。為廣招徠，招牌總是大大的，字體總是粗粗的，招牌旁邊常有小字。街道必有路牌，牌上中英對照。我混沌初開，哪懂認字好處？可是姑婆走到那裏，都愛指着那些字，教我細認；走着走着，在路邊認字，漸漸成為習慣。

姑婆是母親姑姐，嫁給富戶，後來批鬥地主，曾被罰跪在碎玻璃上。帶着富貴的過去，落難的心情，來到香港跟我們同住唐樓板間房，彼此相偎而居。她以最溫柔的母性來疼我，不止同吃同睡，照顧起居，還喜歡帶着我四處逛逛。我本來是隻小青蛙，只能蹲在井底般的房子，幸而追隨着她的身影，天地豁然開朗。

認字是啓蒙的起步，學習的開端。起跑線上，一片市井熱鬧風光。

樓下有一家小士多，屈居於樓梯底，天花頂斜斜的，要低頭彎腰，才能把存貨拉出來。店東是老夫婦，他們把電話藏在布簾後，不肯借給路人；偶有熟客央求，才老不願意地答應。姑婆叮囑我一定要記着「泉記」兩個字，萬一和大人失散，毋須慌亂，告訴警察叔叔汝洲街一三一號泉記士多，就一定安全回家，所以「泉記」二字，很早刻在腦海。儘管不知泉字何解，記字何義。也許泉是老闆名字，××記是當年店鋪命名的風尚。

我們常在「泉記」士多飲維他奶，炎夏從浸滿冰水的雪櫃取出玻璃樽，入口涼快無比；寒冬則放熱水櫃，飲過渾身暖和。維他奶三字以美術字連寫，還未認得稻米小麥寫法前，倒先學會維他奶這種城市飲品。認得奶字，便連接到「壽星公牌」煉奶了；姑婆用罐頭刀在罐頂鑿兩個小孔，倒出奶色暈黃的煉奶，塗白麵包給我吃。那姿勢，猶在眼前。牛奶、花奶、鮮奶，也陸續記下了。

汝洲街幾乎整條街都賣布，有些店堂深廣，有些只是路邊鋪。圓筒或木板把布匹捲得順滑妥貼，擱在陳列架上，五彩繽紛，飄起布質的氣味。從街頭到街尾，都是布莊。招牌寫着「絲綢呢絨，進口匹頭，零沽批發」這些字看多了便記得。

店鋪取名重視吉祥，招牌字常常用「興、發、富、隆、裕、泰、旺、豐、永、祥、福……」，但是少用「吉」字，因為廣東話說：「得個桔！」即白忙一趟，徒勞無功，這些都是姑婆心得。認字之初，沒有刻意制訂課程，不過順住腳步，就地取材而已。然而看到的多是佳兆，似乎暗示認字是美好人生第一頁。

認字像儲蓄一樣，慢慢積累。眼到、口到、耳到、手到、心到，這學習法的確有效，附近街名如大南街、基隆街、南昌街、黃竹街、長沙灣道、大埔道等，不一定能寫，字形肯定認出。街頭充滿教材，「貨真價實，童叟無欺」八字真言，常常掛在鋪面當眼處。米鋪把「絲苗白米」字樣插在米缸。魚檔寫了「生猛海鮮，斤兩十足」。茶餐廳寫上「檀島咖啡，出爐蛋撻」。當鋪高懸一個「押」字。

姑婆教我先唸字音幾遍，然後記字形；學過的字，走不久又再路上相逢，她便立刻考我。我幼時記心不錯，只要答對，馬上獲讚。在讚賞中學習，孩子會學習得格外愉快，格外起勁。

認字的範圍可真無處不在。我家板間房外的花布簾，都寫上「花開富貴，出入平安」的祝願。揹嬰兒的揹帶，繡上「快高長大，富貴長壽」。紫紅色飯碗印上「萬壽無疆」四個筆畫繁複字。難是難，不過只要有心，總能記得；姑婆授以壽字口訣：「士勾工一口寸」，至今未忘。

姑婆在鄉下僅念過兩三年書，來港後白天在製衣廠車衣，晚上要做飯洗衣，已經累透了。可是臨睡前一定看報紙，遇上不懂的字就用紅筆圈起，儲成一疊，待禮拜天放假，便問我父親。她不是滿腹經綸，可是好學。她沒有教育理論，甚至不會教我部首，卻有無限愛心耐心。她在捱苦的日子裏，沒有怨天尤人，自食其力之外，還把璀璨如繁星的中文字，緊緊地交在我掌心裏。

沒有炮仗的新年

催促孩子長大一歲，催逼成人老去一年的是甚麼呢？在我的記憶裏，好像是炮仗聲。炮仗響起，就是新年已到，大一歲，老一年了。

小時候，每到除夕夜，還未踏入子時哩，炮仗聲已零星響起。嗶嗶砰砰，若遠若近，攻向沒有抵禦能力的耳膜；有時一個冷不防，就嚇得心跳一跳。想在年宵睡個好覺，做個清夢，圖個寧靜，幾乎是不可能的。

時已夜深，炮仗聲何處傳來？何人所放？全不知情。儘管給人惱着了，卻無可奈何，只好轉側幾次，試圖再睡，可是在夢裏，那背景仍是喧囂跋扈的炮仗聲，十足電影的實地收音，真切原音得叫人不能穩睡。

中國人放炮仗，放足了二千多年，依然興興頭頭，樂此不疲。既然是傳統風俗，應節之舉，似是不能不做。於是有些商人，每年都發了一筆小財。那時路邊有小販，販賣小型炮仗和煙花，利錢不錯。大人也好，小孩更是，總有貪玩愛鬧的，捨得掏錢買炮仗煙花。女孩子多半不放炮仗，煙花倒會買來玩。錢就是這樣花了。燒銀紙是甚麼光景，我小時候親眼看過，可笑者，是自己也花過冤枉錢買煙花。那種煙花，像天使手裏的仙棒，一燃點，就立刻有顆顆星星，噴灑而出，然而，倏地四濺的星星，在半空中打兩三個圈，已經燒盡。幾毛錢，本來實實在在，可以買一本拍紙簿兩支鉛筆了。玩煙花，僅換來剎那快感，之後，空留下一根枯棒。

至於放炮仗，唉，不止燒銀紙了。燃放炮仗時，那人總是借一支香，把手伸長，貼着灰色的藥引，見藥引點亮了，馬上跑開。圍觀的早已雙手捂耳，等待轟耳的爆聲。炮仗外衣給炸得粉碎，滿空亂飛，還留下一陣難聞的氣味。

驚雷一樣的炮仗聲，常常把嬰兒嚇得啼哭，要安慰良久才平靜；膽小的也許要服用寧神的保嬰丹之類。

燃放炮仗時，一個走避不及，給炸傷手腳，甚至炸盲眼睛，這類新聞，時有所聞，一年有幾十起，已經叫人驚心了。更離譜的，竟有些頑童，或者立心不良的，居然把燃點了的炮仗，從高空擲下。無辜途人，頭髮衣服都燃燒起來，身體慘遭燒傷。新年期間，醫院急診室內，更添忙亂。

大好春節，本來夠喜慶的了，還要藉炮仗來助興？難道沒有炮仗不成？炮仗，究竟增添喜氣？還是添憂添驚，添災添難？踏在炮仗衣的碎屑上，我總是這樣思量。炮仗衣本來大紅色，那種紅是中國紅；然而，一旦零落委地，漸漸褪色，邊緣褪為粉紅，再褪為慘白。要是刮風，碎屑垃圾般隨風亂吹。倘若下雨，碎屑給雨水淋透，化為一堆紙糊，黏在地上。這光景，份外落拓，只因這炮仗曾經威風，曾經驕武，下場卻如此慘淡。炮仗自身難保，那麼說，放炮仗又怎能製造喜慶意味呢？

再者，火藥雖然是中國古代四大發明；雖然是李約瑟以崇敬的心情，把中國古代科技史偉大的一頁歌頌；雖然是明代抵禦外敵的犀利武器。然而，再偉大的東西也要用得有其所。火藥不應該用之於製作炮仗。

我對放炮仗這風俗非常反感，這玩意浪費金錢，污染空氣，製造巨響，危及生命。反感的程度，足以讓我了解魯迅的心情。可是傳統委實沉重，誰有勇氣振臂一呼，呼籲禁止燃放炮仗？

一九六七年，香港發生暴動，驚濤駭浪，到處都有「土製菠蘿」，炸彈疑陣。殖民政府意識到許多問題，民間若繼續儲藏炮仗，任由製作炮仗的硫磺、硝酸鉀隨時供應，只會壯大敵方力量，於是下令禁止放炮仗，違者會遭監禁。雷厲風行，炮仗一下子幾乎絕跡，除了新界村落會偷偷放一兩串鞭炮。這舉措完全為了政治目的，出乎意料是，從輿論到民間，反對的聲音都絕少，反而額首稱慶者居多。

放炮仗，的確不得人心。

沒有炮仗的新年，安靜、安全、乾淨，合乎文明理性；擺脫了無聊、迷信、執着，的確新年進步。

炸油角

從前家裏有一張圓枱面，銀白色，乃薄薄的白鐵打成；圓周邊緣收口的地方，鐵皮捲起，再下屈，那麼，白鐵極鋭利的邊緣便藏起來，不會傷手了。枱面邊疆盡處，寸寸都留下打鐵師傅揮動鎚子鉗子的痕跡。這張枱面平時挨在牆壁，半藏在「砵櫃」後邊；它薄身，不礙地方，人多吃飯時將之架在小飯桌上，桌面立刻擴展，可以坐十個八個人了。不過，這無腳桌面最大的用途，不在圓桌共飯，而在炸油角之時。

那時每到歲末，香港許多家庭都開油鍋，炸油角，工序繁複極了，婦女們竟樂此不疲。姑婆在工廠車衣，絕少請假，要是趕貨，可以咬緊牙關撐到半夜，只為了多掙幾個錢。可是，為了炸油角，竟然願意提早三幾天收工。姑婆一年到晚辛勞還不足，年底不早點休息；而炸油角，唉，實在比平常辛苦十倍哩。

我們是廣東開平人，故鄉土地貧瘠，農產歉收，哪有資格講究美食？跟糧豐魚肥的順德，是無法相比的。姑婆來到香港，依然不忘故園風味，過年食品，尤其如此。家鄉油角，年復一年，數以百計地在圓桌面上生產。

油角分鹹甜兩類，餡料及製法不同，工夫也就雙倍以上了。製作餡料，洗切剁炒，又要把幾種餡料拌勻，倒進搪瓷有蓋容器，已經足足花上整天。

到了第二天，無腳桌面給搬到飯桌上，變成工作枱。窄窄的走廊，是臨時工作坊。把桌面清潔一番後，姑婆把麵粉輕輕撒桌面，再用指掌慢慢三百六十度地撥勻；若是漏了這一步驟，油角外層會緊黏桌上，一移動就會扯破外皮，餡料跌出，功虧一簣了。那白茫茫的麵粉，灑滿銀白色桌面，教我聯想起月色如霜；可是，製作油角，工程不小，又有時間限制，只好急管繁弦，我得幫手，不能遐想了。

先小心倒出麵粉，堆成小山，挖洞，分數次摻水，加雞蛋，雙手用力去搓。要搓一團麵粉很費力的，姑婆借肩膀上臂的力往下搓，偏桌面不是實木，只是半懸空中，外圍毫無承托，怎受力呢？所以每搓一下，桌面就輕輕震動。這樣搓，份外吃力。其實，因陋就簡，卻又終於完成，正是那時家中光景。

搓好麵粉，便搣一小團，放掌心裏搓，搓圓再壓扁，然後十指輕輕來回按壓，粉團漸漸薄而圓，加餡料，對摺，用指甲在邊緣按壓，留下半月型的花紋，油角收口了。那一連串動作，純熟而優雅，富陰柔之美；跟白鐵桌面的陽剛，相附在一起。憑藉雙手，竟可以從無到有，從混沌而充盈。而上百個油角，以弧形排列，又是一幅圖畫。

唐樓的廚房不算小，可是開油鍋的住戶共四伙，廚房頂多開兩隻油鍋，主婦都互相將就，彼此協調。記得我半夜醒來，竟發覺廚房燈火猶亮，油鍋仍嗞嗞作響。開油鍋，炸油角，孩子絕對不能説不吉祥話。而炸油角的心情，全心全意，悉力以赴，背後那份投入，那份堅持，那份莊敬，真可以成為過年儀式之一。

油角炸成後，主婦習慣各取自家製作，每樣一兩隻，彼此交換，試試手勢。跟我們同屋的一位師奶，是順德人，精於烹飪；她炸的油角，最香脆可口。她有一套鐵鑄模子，模子是一朵花，拿着手柄，蘸上麵漿，放油鍋內，麵漿給炸熟便甩脱，花朵在滾油上打轉、漂浮，壯麗如火浴。

此時，廚房油氣瀰漫，久久不散，因為沒有抽氣扇，休提甚麼高級抽油煙機了。主婦滿頭滿面，都是油煙味。順德師奶環境較好，雖然弄得精疲力倦，可是有餘錢上理髮店洗頭，給師傅吹過的頭髮，起伏有線條美；其他主婦則提着熱水煲，輪流在小小的浴室梳洗。

年關近了，市面上供應各款油角，教我想起那些既帶着鄉愁，又沁着感情的油角，想起包油角時指頭優美的旋動，想起油氣薰天的廚房，想起互相遷就的主婦。那些景象，與荷蘭畫家弗美爾（Johannes Vermeer）所畫的廚娘，同樣柔美動人。而姑婆搓麵粉吃力的姿勢，彷彿已給畫框框了，永恒地掛在我心頭。

野地的鈴蘭

在地鐵站看見一幅廣告照片，笑靨如花的鍾楚紅，抱着一大束鈴蘭。而鈴蘭呀，素白如雪，花朵嬌小，一朵一朵含羞下垂，如成串鈴鐺，風中搖曳，美麗得不可方物。當下我心裏一動，恍恍惚惚間，一聲「girls」，在我耳邊響起。那聲音那麼親切，那麼溫和，似是召集，像是提醒，又似催促，更似叮嚀。地鐵站內人來人往，腳步聲、談話聲，本在咫尺，卻漸漸不聞。那一聲「girls」，從遙遠的時空傳來，似遙卻近，親切如舊。

呆了一會兒，才走向閘口，坐在列車，神思仍然渺渺。回家立刻去查鈴蘭的資料……這才知道，鈴蘭節就在眼前。五月一日，法國人訂此日為鈴蘭節。原來鈴蘭象徵幸福，所以那天親友互贈鈴蘭，還把鈴蘭掛於房間，全年保存，寓意幸福永駐。呀，這節日浪漫、清甜、溫馨，又洋溢希望。馨香盈袖，清芬滿庭；這花真有意思。

我內心也有一朵鈴蘭。這朵鈴蘭，果然整整一年把我們保護，也的確為我們帶來幸福。中一迎新日，笑意盈盈立在教室門前，等候我們的，就是班主任。當年她已經五十有餘了，衣著打扮相當講究，頭髮梳成大波浪紋，穿上稱身旗袍，施朱抹粉，一走近她，便聞到淡淡香水氣味。教室悶熱，她常常用白手絹在額角鬢邊拭汗，面上總是微微地笑。待我們坐定，她一開腔就「girls」，用英語來歡迎怯生生的新生，然後自我介紹。儘管我們水平有限，可是語調是否流利，發音是否標準，這些都能分辨出來的。她把自己的名字：「關鈴蘭」書於黑板，中英文板書都好看。她教英文，我們便稱她為「Ms. Kwan」。

漸漸地Ms. Kwan這稱呼，象徵了尊重、信任、交託。感情，是歲月的結晶。師生相處，經年累月，大事小事，俱見性情；優點缺點，不難發現，所以學生看老師，看得雪亮。也難怪師生之情，往往經得起時間考驗。

中一學生，雛鳥一般，飛到陌生的新巢，而那新巢，可能校規森嚴，可能滿佈地雷，又怎能不戰戰兢兢？這時最需要的，不是背寫校規，而是關顧和安全感，Ms. Kwan在這方面，做得實在太好了。她總是溫柔如月，事無大小，都把我們呵護備至。跟她說話時，她一定先朝着人微笑，嘴角彎彎，笑得和煦，洋溢母性，我們便小鳥依人，頭微傾，差點要撒嬌在她懷裏。

那一年發生了兩件事，至今猶記。

我們的教室跟鄰班只隔一條窄窄走廊，此設計即所謂眼鏡房；可能為了採光，兩壁均用了玻璃，於是兩班同學，真能手揮目送，互遞音訊。有天Ms. Kwan說：「昨天午飯前那堂我剛巧路過，看見鄰班學生站起來，伸長脖子，望向我們班的黑板。哎呀！原來你們在測中史，人家趁機偷窺試題。」我們微微一怔，「放學後，我找了機會，悄悄跟中史老師說了，請她當心。可是她說兩班測驗題目不一樣，沒所謂；但是測驗範圍到底有限，題目難免重複。」她吁了一口氣：「不如這樣吧，以後測驗，記得把百葉簾拉下，不要讓這種不誠實不公平的事再發生。」神情語調，不似課堂說話，倒似母親在燈下與女兒私語。此事其實茲事體大，換了好事生非者，準會在老校長面前告上一狀，那麼不止違規學生，連鄰班班主任、中史老師也受牽連。

班主任溫柔敦厚，化解問題，不著痕跡；言教身教，立下榜樣。可是孩子到底是孩子，不免犯錯。那天口試，考了半途，Ms. Kwan因事離開教室，登分簿則放桌上；怎知有兩個同學，竟然跑出來偷偷翻閱本子，看看自己得分。這舉動沒有人勸阻，連班長也不發一言，效尤的反而有好幾個。她們圍住教師桌，議論分數，Ms. Kwan卻突然回來了，見狀大怒，質問究竟。當事數人滿臉羞愧，和盤托出。Ms. Kwan雖然未有處罰，但是情不自已，嚷道：「我很失望！我真的失望！我實在太失望了……」我當時也覺得這樣不妥，可是並無規勸，只知眼睜睜，不加責善。要是有同學，鼓起道德勇氣，立刻直斥其非，及時制止，便不會讓Ms. Kwan那麼失望了。眼見Ms. Kwan氣得跺腳，我們又驚又愧，只得低下頭來。Ms. Kwan聲聲失望，顯然是難過多於責備。她一片真心來疼學生，學生品行不正，失望便倍甚了。

我的中學年代實在不很快活。學校的風氣過於保守，與時代脱節得厲害，學生得不到多元化的學習，所以我畢業後，發覺自己甚麼都不懂，游泳跳遠、橋牌弈棋、戲劇舞蹈等等，一竅不通。跳木馬、高低槓，人家莫不純熟，我校卻沒有這些運動器材。至於天文學會、集郵會、紅十字會、交通安全隊、童軍等，這些培育興趣、砥礪意志、鍛煉體格的活動，一概欠奉。

學校最積極發展的是團契和查經班。有一回，學校請來頗有名氣的牧師來講道。他昂首唸道：「天上的飛鳥，野地裏的百合花，也不種，也不收……。」我忽然福至心靈，把《馬太福音》名句移花接木，改為「天上的飛鳥，野地裏的鈴蘭」，只因我心目中，有一朵高貴的鈴蘭。

回顧前塵，中學時代，芸芸老師，以Ms. Kwan最值得敬愛。哪個學生有專長，她慧眼察覺，立刻稱讚，日後會找機會任用。我同學說一直不知自己有領袖才能，Ms. Kwan是第一個把這點發掘。當年的教務主任，其父乃抗戰時代赫赫有名的大官；這又如何呢？她不怒而威，那套官小姐的架勢很大，可是何曾關顧學生？當年的訓導主任，只知跟着老校長進進出出，毫無作為。Ms. Kwan在學校地位不及她們，卻不亢不卑，奉獻愛心。她是最體貼的班主任，為我不愉快的中學生活，添了許多溫馨，所以「girls」那一聲，又怎能忘記呢？

那朵鈴蘭，用香氣來感動學生。

那朵鈴蘭，在大地上迎風，馥郁清香。

讓孩子到我這裏來

孩子的心靈，敏感而脆弱，所以一受傷害，就如水晶遭逢撞擊一樣，「咔」一聲，傷痕就留下了。

我念小學三年級時，成績退步，姑婆很重視學業，建議我往表姐家補習。補習費是付不起的，不過看在親戚情誼，大概沒問題的。人情世故，姑婆明白，所以鄭重叮囑，跟表姐一起做功課，要安安靜靜，遇到不明白，馬上發問。疑難解決了，就快快打道回府，不能耽擱人家太多時間。

親戚多半在五十年代從廣東投奔香港，已經阮囊羞澀了，又那堪舉目無親；所以喜歡聚居，既是親，又是鄰，互通有無，方便照應。表姐的祖母姓黃，算是近親，與我們住在同一條街上。他們生活比較安穩，因為兒子每月都把美金匯來，供養父母。那是四邑孩子飄洋過海、移民美國的故事了。

表姐幼時隨祖父母來港，祖孫三口，租住舊樓。那舊樓三四層高，樓梯昏暗，屋內卻因樓底高而相當明亮。我跟表姐道明來意，說到測驗差點不及格，眼圈竟紅了。表姐素來沉靜敦厚，不假思索，就笑着答應。從此我們就在窗下溫習，彼此投契，情同莫逆。表姐跟同學看電影時也帶我去，茱莉安德絲演的《仙樂飄飄處處聞》看得我們如醉如癡。

愉快學習之下，我的成績很快就追上了。那舊樓實在是讀書的好地方，一屋只得兩伙；不像我家，一屋七八伙，人多聲雜。業主每次來應門，都客客氣氣。他們的兒女很優秀，兩個考上香港大學，一個在名校讀高中。家裏連收音機也不開，電話也很少響起，因為當年有能力安裝電話的委實不多。補習時，常常一室悄然，只有她祖父進進出出的腳步聲。老人家六十多了，紅潤飽滿，聽說他喜歡晚飯時飲酒，雙蒸、竹葉青之類，酒能行氣活血所致。他很會養生，無事便高臥床上，枕頭很高，硬邦邦，油光發亮，好像上了漆。閒着無聊，會坐在小板凳，有時看報紙，偶爾拿着「不求人」，反手就伸入內衣裏面，在背部搔癢。每次登門補習，我例必入屋叫人，臨走時不忘道別，他都「唔！」一聲，不說甚麼。

如切如磋了大半年。有天表姐不在家，我等候了一會兒便告辭，臨行前跟老人家說，桌上那幾本書是借給他孫女看的。萬料不到，他突然粗聲喝道：「我孫女不看你的書，快點拿走！」說罷把臉轉過去，故意不瞧我一眼，他本來紅潤的面變得更紅了。我一下子如遭雷擊，嚇得慌亂，不知如何應對。唯有忙忙把疊得整齊的《基度山恩仇記》與《簡愛》塞進袋子裏；這些書都是同學所借，表姐說過喜歡的。

我掀起花布簾子，急步跑往門口，關門那一刻，還能控制着情緒，放輕了手，不讓重重的關門聲來作結束。

我直往下衝，在昏暗中，木梯級份外模糊，終於衝到樓下了，外頭的太陽卻白花花的，我有點頭疼。回家只幾分鐘的路，路人好像多看我幾眼，然後十分不屑似的。變生不測，無法把事情分析。回到家裏，忽然覺得這擠迫嘈吵的空間無比安全。躲進被窩，蓋着頭，心潮起伏；受辱情景，重複在腦海轉動。

待到晚上，鼓足勇氣，跟家人說毋須補習了，因為已有進步，留在家裏會加倍努力的。家人沒察覺到內中另有隱情，連姑婆也沒有追問。

難堪舊事，便埋藏在孩子心間。

問題當然不是出於那些書本，老人家連封面也沒看過一眼，好書壞書，哪能判別？我猜他根本不喜歡我，尤其不喜歡我來補習，嫌我打擾。可是又見孫女待我親厚如姊妹，要是在孫女面前發作，只怕孫女會惱他；所以抓了這機會，轟我一頓，把我驅趕。至於所謂親戚情誼，不過是我們一廂情願而已，人家才不管。其實，明言直說是不妨的，何用惡言相向？

唉，孩子常常處於弱勢，是好欺負的對象；而且孩子受了欺負後，竟連一聲也不敢吭。

耶穌說：「讓孩子到我這裏來。」他講這句話時，一定是滿臉慈光。

翠篷紅衫人力車

在報章上看到德國女攝影師Hedda Morrison，於一九三〇年在北京街頭拍攝了一幀人力車夫的照片。噢！原來當年北京的人力車，外形與香港的竟是一模一樣。照片只是黑白，無法看出顏色，不知穿梭於京華舊巷的人力車，是否跟我夢裏的一般，紅綠交輝。

那麼一張舊照片，車轔轔地踏往我的童年。翠篷紅衫的人力車，依然停泊在我回憶最深處，把童年的甜蜜鎖定了。

我像所有孩子一樣，滿腦子都是願望。有些願望藏在心底，不敢說出來，怕被取笑。有些會悄悄地告訴最疼愛自己的人聽，希望得到靜心聆聽，得到點頭稱許，甚至得到鼎力支持。

忘了那時多大了，也許還未進幼稚園，總之我曾告訴姑婆：很想坐人力車。平常向她提出甚麼，她多半說，只要我乖乖地做人，就甚麼都可以答應。可是那回，她卻說這個可難了，因為拉車辛苦，掙錢不多，許多車夫都轉行了。人力車已經越來越少，不知往哪裏去找。也許這行業早已式微，甚至近乎消失了。聽罷，我難免失望，但是不敢強聒不休，漸漸地，幾乎忘了輪轉四方。

姑婆的姐姐住在灣仔莊士敦道。那地段很方便，在紅磚教堂與龍門酒家之間，我們常常探望，所以路徑都記得清楚。平日我們步行至深水埗碼頭，坐渡輪到中環，再轉乘電車，即可到達。可是，那次姑婆偏不這麼走，我好生奇怪，她只笑而不答，我莫名其妙隨着她走。船到岸時，她說這就是灣仔碼頭了。

碼頭空曠，風比較大，放眼一望，只見兩三輛人力車，停泊在不遠處，翠篷拉下，車把擱在地上。車夫或蹲或立，毛巾搭在肩頭，望向碼頭，似有所待。啊！我明白了，來不及歡呼，姑婆已拉着我往人力車走去。說了目的地，跟車夫議定價錢後，便小心翼翼上車。車夫伸手來扶，我們先踏上座位下的木板，木板的功能，是腳踏，亦可放置小型行李。一踏上去，車子搖晃一兩下，待穩定下來，才轉過身坐下。登車一刻，我有點怕，怕車子一旦失去重心，整輛車會後傾翻倒，幸而上落平安。車夫見我們兩個女流，一大一小，也肯照顧，讓我們先坐定，才邁開腳步慢跑。

車夫緊握車把，一面留心路面情況，車子很快就離開海濱，轉入電車路方向。車輪摩擦着地面，車身微微簸動。人力車座位的高度，比電車矮，但比我高，用這種高度來瀏覽街景，的確是第一次。我捉緊扶手，左右張望，覺得一切都十分新鮮，尋常街道彷彿瀰漫着喜悅。哦，舉頭一望，見到巍峨的六國飯店了，那麼，紅磚教堂應在不遠之處。果然，幾分鐘後，電車已叮叮然出現眼前，目的地也快到了。

這趟人力車之旅，清甜如一杯鮮搾果汁，所以能像童話，刻印在心間，至今猶念念未能忘懷。

為了補充我漏掉的記憶，便查查當年資料。舊事給這麼追尋，卻發現一些從前未能體會的苦心，更覺此行情意綿綿。姑婆一定是打聽到灣仔碼頭仍有人力車站，於是計畫行程。我們應該是坐巴士去佐敦道碼頭，轉渡輪，赴灣仔。那麼一登岸，即可上車。這行程，其實是繞路而行，時間恐怕雙倍，人力車車資又比電車貴了不知多少倍，各方面都不划算。這一切一切，都只是為了完成我的願望。唉！難怪下車時，姑婆提醒我不要張揚。

那時我們住在深水埗唐樓的板間房。一屋七伙，人多嘴雜，要是給他們知道了姑婆為我而這樣花費，準會批評我「貪威識享受」、「行冤枉路，洗冤枉錢」、「唔識賺錢識洗錢」，甚至說姑婆「錫到啡，縱壞細佬仔」……這些話，只怕人力車也載不動。

坐人力車這願望，不是要追求小資產階級的情調，孩子的心思沒那麼複雜。人力車本是老舊的交通工具，於孩子而言，卻是新鮮而有趣的。這不過是孩子對未曾經歷的事物的嚮往而已。姑婆也並非溺愛我，只是她的愛裏，包含了許多了解，這份了解，是其他人缺乏的。

當年的灣仔碼頭，原來不在現址，有可能在告士打道近杜老誌道，亦可能在史釗域道。深水埗碼頭早已搬遠。人力車更不知何處去。世事變幻不定，沒有改變的，是心底一份感恩。

第二輯　結廬人景

貨物流轉在民間

坐枱式電腦壞掉了，換了新手提機。舊的如何處置？顯示屏畫面依然清晰穩定，便送給年青朋友。底板已有毛病，若懂得修理，應可再用。我小時候受了「一絲一縷，恒念物力維艱」的思想，不願隨便浪費，最理想的做法，是送給舊居的清潔女工。舊物送給她，哪管不過是一疊舊報紙，她都開開心心。珍惜涓滴，把涓滴化為下欄錢，好補貼家計。

給她電話，我説是舊電腦，她問是否主機，我當下一愣，看來她也懂得，可能曾經有買賣經驗。到了約定時間，她準時來了，我知道她趕時間，早就把主機放近門口。她一進來，忙蹲下，捧起主機並電線，急步往升降機走去，我追着，替她按下鍵。

接着，我也外出，到了樓下，見她正跟收買佬交易。時間配合得真好，那是香港節奏，分秒也不浪費。收買佬用螺絲批把我的電腦外殼拆開，查看一番。收買佬大概不很懂電腦，不過看看是否空殼而已。五分鐘前屬於我的東西，五分鐘後已漂流於茫茫中。我對電腦並無感情，不過一台非常有用的工具而已，而我所儲存的資料盒已取出，就讓它漂流吧。民間自有把貨物流轉的能力，總會有另一個人，珍重把我的舊電腦接住的。

謹慎錢銀交收時

中三那年，國文老師在課堂上教做人處世之道，當時我對師長極之敬重，可是其中有一點，很令我不安。

老師的教誨，動機出於善意，不過，是否善意叮嚀，就一定要依足執行呢？

老師說：「要是親朋戚友之間，在錢銀上要交收找贖時，記住，不要當着人家面前數錢，若是這樣做，是表示不信任，令人難為情，自己也顯得非常小家子氣。」中國人重人情，講客套，愛面子的那一套，我有時不敢不追隨，因為怕被指為小家。可是，卻又常常困惑，萬一當下大方，事後才發覺數目不對，那該怎麼辦？表面裝作沒事而心裏憋悶，抑是鼓足勇氣追回差額？

既然當面沒弄清楚，根本不知是否有誤，則責任歸誰，必有爭議。難道這又合乎中國人和氣之道？

如今漸漸開竅，遇上這情形，便嘗試去應付。錢若由我付給親友，則當下主動把錢逐張攤開數，再請對方覆核，要是對方表示毋須再數了，便說：「還是數清楚較好。」那是君子坦蕩的氣度。若對方不點算，就把錢遞來，主導權已不在我手上，為了扭轉形勢，只好說：「讓我數數，怕您付多，要您吃虧便不好了。」

鵝頸橋底

鵝頸橋位於灣仔與銅鑼灣間，即堅拿道（Canal Road），是區內有名的地標。鵝頸橋消防局、鵝頸橋街市，常常掛在市民嘴邊。

堅拿道顯然是運河（Canal）之音譯，莫非開埠之初，這兒是一條運河？河水之上，有橋拱然，線條弧形，優雅如鵝兒曲項，故名之曰鵝頸橋。果真如此，則可以想像，當時浮光躍金，靜影沉璧，行人橋上漫步，那生活多麼悠閒，那風景多麼叫人神往。後來拜讀鄭寶鴻的文章，得知堅拿道確是運河，河道彎曲如鵝頸，電車叮叮然往來橋上。

每次走過這兒，總是浮想聯翩。一個城市，一個社區，若給河道穿過，水聲潺潺，韻味天然，必然令人徘徊，流連忘返。其實，要發展城市，增添城市魅力，絕對不應該用沙泥掩蓋清流。難得有運河流淌，就更應該把河流保存下來，疏浚河道，兩岸植樹，創造景觀，醞釀情調。這才是長遠發展之計，促進旅遊之道。運河消失，教人跌足長嘆，堅拿道本來可以創造更大的價值。這教我想起舒國治所寫之《水城台北》，彼岸小河，也消失於所謂城市拓建中。

今日的堅拿道，全鋪上水泥，讓人腳踏實地，卻極之平凡，不再波光蕩漾。其上有天橋，車水馬龍。不再美麗的地方，莫名其妙，未知因由，出現了奇奇怪怪的景象，成為城市獨特一景。景色不在橋頭，卻在橋底。

橋底下有三四個攤子，不知是領了小販牌照，還是霸佔了公地，卻在經營一種非常奇怪的生意——打小人。那是以象徵手法，由神婆作法，用木屐猛打地板，儼然責打仇家。

放眼望向橋底，只見攤子各據地盤，由老婆子坐鎮。地上擺放了觀音、如來佛祖、石獅子等一大堆瓷器神像，還有香爐、火盤。香燭冥鏹，青煙陣陣，往上飄散，煙氣沒入車塵，增加污染。試想想，這不是有點奇怪麼。老婆子似乎憑這些深水埗鴨寮街有得賣的道具，就成功裝置出草率的神壇，簡陋的道場，就地作法，弄虛作假，就說威力無限，小人「死梗」。

如此這般，居然招徠到顧客。有些人，心甘情願，不存疑問，滿懷希望，把真金白銀，雙手奉上，交給目不識丁的老婆子。

攤子生意大概不錯，每個攤子都有座位六七；塑膠小凳子，橫七豎八，隨意亂放。那表示客人常有幾組之多，要排隊等候。打小人，動作那麼張揚，思想那麼幽暗，心靈那麼病態。可是依仗邪門的人，卻大剌剌地坐於通衢大道，不介意給人家瞧見。

繚繞的煙氣，觸動了對靈界的聯想。咒語是順口溜式，還押韻，容易記憶。木屐打在硬梆梆的地上，啪啪啪啪，不只震動耳膜，連心脈也加速。這氛圍，產生了近乎催眠的感覺。一輪捶打後，怨毒發洩了，心態平衡了，精神大為舒暢。打小人，未必達到報仇實效，對心理治療可能有點幫助。

攤子擺在橋底，木屐不知敲打了多少個晨昏，老婆子口中唸唸有詞，咬牙切齒：「打你個頭，打你個死人頭。打你隻手，打到你有氣無地抖。打你隻腳，打到你無衫著。打你個口，打到你係咁嘔。打你個鼻，打到你開口夾着脷……」不知咒詛過多少個小人？是是非非，搞不清楚。誰是好人？誰是小人？大概只有木屐才知道。

每逢驚蟄，這兒生意格外興旺，啪啪之聲，在橋底激越迴蕩。人群竟是密匝匝，擠逼得很，來看熱鬧的不乏洋人，還有記者。打小人這幕，絕對可以滿足愛獵奇的遊客。

打小人攤子，靠近電車路，再朝南面走，仍有許多空間。這兒偶爾也頗熱鬧，有樂團借橋底開音樂會。臨時搭建表演台，又擺放數十張靠背椅子，已是小型音樂會的規模。橋底不失為公眾劇場，人流頗多，上面有蓋，兩旁通風，清韻悠揚，隨風送耳。

同樣位於橋底，相隔不過二十步，木屐單調地啪啪啪啪，小提琴大提琴抑揚起伏，同時響起，並不呼應，卻奇異地交雜一片，成為市聲。

橋底風光，只是一隅，只是香港這大千世界許多面貌之一。若用攝影機去拍，天天都會拍到有趣的東西；若用心眼去觀察，自會領略此城奇異而獨特的生態。

配音聲線留世間

為卡通片集《叮噹》配音的林保全先生，猝然去世，多份報章以大版，甚至頭條來報道。成長於那年代的孩子，腦海早已印記叮噹的聲音。童年回憶裏可愛的腔調，如今倏忽消失，又焉能不黯然神傷呢？

配音是用本地語言，配在外地製作上。讓觀眾直接吸收內容，這樣既增加了親切，亦免了看字幕的隔閡與麻煩，可謂一舉多得。配音員根據翻譯，揣摩性格，配合口形，賦予語氣，其實已是再創作了。上上者能曲盡其情，甚至比原作更出色。

有兩位天皇巨星，人人都認識，卻不知她們也是很出色的配音員。在我的少年時代，有一套歐美電視劇很受歡迎，叫《合家歡》。主角是兩個孩子，即豬仔和小寶。豬仔是哥哥，很疼妹妹；小寶是妹妹，面上長了雀斑。兄妹情深，劇中每多感人情節。

為豬仔配音的是黃淑儀，聲音爽朗，帶男兒氣。配妹妹的是李司棋，嗓音嬌膩，十足小女孩的天真嬌憨。觀眾是否因她倆配音而特別喜歡《合家歡》呢？她倆把乖孩子演繹得人見人愛，為劇集增加魅力，乃不爭事實。熟悉的配音聲線，也是集體回憶。在時光的那一頭，童音稚嫩，句句清脆，叫喚着我們哩。

船到燈火迷離處

這程短短的水路，這迷離如夢的景點，介紹香港的旅遊天書，怎麼尚未道及呢？滄海遺珠，寶光流動，舊香港的風情，新世代的魅力，在紅塵邊緣，在海之東濱。

美得不可思議的旅程，要漫天夜色來襯托，在黑夜所見的一切，更增神秘更添浪漫。夜遊的起點在西灣河碼頭，碼頭坐落於鯉景灣對面，水警總部隔壁。從地鐵站向海邊走，不過七八分鐘，甚為方便。再怕隔涉的也不會嫌遠吧。走過馬路，穿過花園，往西望去，便是把燦爛星光收藏的電影資料館，文化氣息已淡淡地沁在空氣。朝碼頭往北行，最先迎接旅客的，是一片寧靜，一陣海風。一走近這兒，立刻感覺到鬧中入靜，人流車流都退卻了，難得者不只是寧靜，還有悠閒，市塵難覓的悠閒。鯉景灣臨海的街鋪，全是裝修不俗的食肆，入夜點上洋燭，蘇豪東的西方情調在燭影下搖曳。

長堤寂寂，海風習習，彷彿都是這旅程的引子、鋪墊、先導，讓遊客步伐從容，心神恬靜，再而引導出奇異之旅。

西灣河碼頭航線有兩條，一往鯉魚門，一往觀塘，都是每半小時一班。這碼頭構建簡樸，踏下石級，大步跨上浪裏晃蕩的小船「珊瑚海」，古渡頭的情味油然而出。而小船呢，小得很像街渡，乘客可挺立於下層船舷，近看乘風破浪；上層以透明膠帘擋風，正因簡陋，就更令人想起舊香港。

街渡從香港東駛向九龍東，這岸彼岸，相距不遙，竟似在內海航行。華燈初上，兩岸燈火輝煌；這岸由鯉景灣到北角，彼岸從鯉魚門到九龍灣，盡是數不清的熠熠燈輝。憑着燈光，可以推想兩岸的人口密度與經濟動力。船再前行，近年落成的郵輪碼頭在望了；銀白修長，如靈蛇張口；蛇身閃出持續變化的燈光。香港名為大都會，的確名實相符。

船程不過十分鐘，船費不過幾塊，便能盡覽東濱燦燦的燈光，還有倒映於波濤的金光，還有清風明月繁星。

待到岸時，屹立數十年的觀塘碼頭仍在守候。碼頭僅用柱子撐起，柱子間距恰到，比例正好，簡潔優美，成本低，功能強，是那年代的建築特色。最富古意者，是這兒不設關卡，佇立碼頭，憑欄揮手，便可以近距離送別；天高水深，情長味永，幾近汪倫送李白的情景。

水路結束，上岸左轉，走一分鐘，即見觀塘海濱公園。且慢！步伐宜慢些，怕眼前之景太美了。美麗是要時間來接受來消化的。幾根燈柱，恰可照明，呀，左側是控制室，卻像塌進泥裏的玻璃小屋，樂曲從小屋傳出，屋裏燈色正在變幻，是童話嗎？美麗焦點在正中央，那是甚麼呢？像巨型玻璃磚頭，一塊疊一塊，疊得兩層樓高，是塔樓，是地標，又似前衛的立體雕塑，顫顫巍巍。萬千變幻繽紛不炫的燈火，光采流溢，從玻璃透散出來，跟控制室的光芒互相呼應。

這還不夠，地板鑲嵌了多盞地燈，色調一致。忽然，呀，許多許多水霧從地下湧出，燈光把水霧染得五色紛呈，水霧把眼前世界變得迷離撲朔。那種美，很突破，很奇特，不可思議，不能想像；據説建築師的靈感來自眼前堆疊成垜的廢紙回收，原來此地前身乃貨物起卸區。待水霧消散，驚豔不已之後，便在海濱長廊漫步。長廊有幾百米長，玻璃為欄，視野無礙，難得步道是以木板鋪成，更添溫暖。前方有小型觀眾台，大可在長廊表演。有蓋木架一個接一個，立於草地，架上花繁葉茂，牽牽絆絆，低垂下來，砌成花徑，新娘曳着長尾婚紗，嬝嬝走進莫內的印象派畫裏。而前方是兒童樂園，蹺蹺板、攀石矮牆，給魔術棒一揮，不再傳統，變得新鮮，格外好玩。

我們坐木椅上，一面猶驚歎燈火璀璨，水霧迷離，似真又幻，難以置信；又一面讓極其寬闊的海面走進心胸，讓海風吹拂心靈，吹醒頭腦。難能可貴者是工程造價低廉，善用公帑，而市民得以免費享受無限風光。

這公園充滿創意，流露人文關顧。這旅程正是我們所憧憬的香港精神，新舊兼容，和諧並存，高瞻遠矚，真誠務實。玻璃塔樓蓋起來了，香港精神呢，還在吧？

黃梅天

二月底，三月初，天色灰暗，陽光不露，溫度不高，似冷非冷，似暖非暖。偶爾還飄下雨粉，濕度高得在九十以上，大地一片濕潤，是黃梅天了。

我住在低層單位，房子特別潮濕，唯有開動三部抽濕機。馬達聲輕輕的，低低的，不吵耳，留神聽聽，但聽得均勻節奏。哦，這是機械正常的呼吸聲，只有在黃梅天才聽見。抽濕機平日呆在牆角，投閒置散，天氣晴朗之時，有才難展，甚至嫌之阻礙地方，只有在黃梅天，才覺得幸而購置了抽濕機。

人與物，都有遇與不遇。黃梅天時，正是春天，亦是抽濕機動力最勃發的季節。抽濕機非常消耗電力，這缺點，此際又有誰會介意呢？

黃梅天是惱人的。我曾在翠樹環抱的地方上班，每到黃梅天，牆壁竟然滲水，水珠掛在壁上，工友要用長棍，把毛巾高舉，把水珠抹去，不然，牆上油漆很快就會剝落。

然而，洋紫荊、宮粉羊蹄甲，粉白嫣紅，在黃梅天的濕氣滋潤下，反而更見嬌妍。要是烈日當空，花瓣乾而輕皺，不會水潤如新浴。

四季有序，萬物有時，黃梅天，短短的，好像不太可愛，不過待它消逝之後，才發覺黃梅天這時節，亦有令人難忘之處。

春秧麵廠老當家

北角春秧街街市，頗負盛名，是港島的核心街市，貼近民生脈搏。顧客多是基層，可是驅豪華房車而來者，也屢見不鮮。

若是電車車頭標示底色是黃色，那麼終點站便是北角了，登車吧，最後一程很有趣。從西邊悠悠走來，走的分明是一條直路，怎料叮叮然，從英皇道的寬闊，忽然連續兩個九十度轉角，柳暗花明，繞進春秧街的狹窄。

轉一個彎，已是另類城市風景。這一轉，亮麗盡失，繁華大減，一轉就掉落凡塵深處。凡塵深處是店家。長街上數不清都是店鋪，顧客盡可以「貨比較三家不吃虧」。街市裏頭，嘈雜骯亂，散發着必須生存、果腹為先的氣味。

這兒以價格相宜見稱，誠信程度參差不一，待客禮貌一般，甚至粗魯；草根氣息恰像街市氣味，滿街瀰漫。然而，貨物實在充裕，人流不絕，富代表性；街市行情，民生指數，春秧街上，已然豎立起指標。

春秧街也有乾貨，然而，地面總是濕漉漉的，一個不為意，就弄髒褲管，這真惱人。不言而喻，濕貨如豬牛魚蝦、急凍食品、蔬菜等，當然是街市重點。長街內有店鋪，路旁是攤子，卻不分高檔低檔，紅蘿蔔、老薑、火龍果等等，給塑膠籃子盛着，擱在木板或發泡膠上，因陋就簡，倒也自成一種散漫。排在路邊，寸土必爭，左右進攻，迫近路軌，難怪電車駛進來，必定按起響號，提醒顧客，要避車讓開了。

長輩精於烹飪，又精打細算，指點教路，我才懂得走到接近街頭尾段，找到麵店。麵店是老字號吧，前店後廠。亦生產亦銷售的碾坊，當年也不算多，僅是零零星星，在不起眼的路段，非常貼近民居，朝夕搓麵。後來鋪租飆升，把麵條現做現賣，利錢有限，怎敵租金？碾坊便悄悄隱退，想買麵嘛，只好光顧超市，買包裝講究的麵餅；其中經過甚麼流程，如何運輸，才在收銀機下給掃描條碼呢？麵條會不會儲藏得太久？到底是食物，總以新鮮為尚。幸而春秧街上，碾坊仍存，麵粉新鮮氣息，輕輕飄送。這碾坊叫振南製麵廠。

麵廠以舊樓為家，樓底很高，難得是貨品便宜實惠。除了麵之外，還有雞蛋、鴨蛋、糯米粉、蒜頭，甚至連鹹水草，偶然也有出售。至於麵，更是種類繁多，林林總總，相當可觀。我是廣東人，主要食糧是白米，這碾坊裏的種種，所知有限。有些麵平放櫃枱之上，沒有給壓成麵餅，看得出是新鮮製成，格外有麵的芬芳，又彷彿隨時就要下鍋。抬頭張看，見架上玻璃盅裏，計有鮑魚麵、瑤柱麵、雞蓉麵、蝦蓉麵、菠菜麵、全麥麵等。這些麵條是乾的，或粗或幼，為了便於儲藏，節省空間，麵餅盡量給排得整齊。拿起一個麵餅細看，但見麵條一條一條，粗幼均勻，紋理清晰，如流水直下，富線條美。

買下蝦蓉麵，煮麵前，先看膠袋上所寫的煮法，歸納其方法，是麵與冷水一齊下鍋，少水，慢火，快煮。可是，我腦海裏，卻浮起粥麵店灶頭煮麵的情景，怎麼完全不一樣呢？

下回登門幫襯，很想請教，可是櫃枱前，有時是老婆子，有時是後生女，未必能給正確答案，唯有按下不問。

每回煮麵時，不免有點躊躇，有點無所適從。

終於有回，見一長者，從碾坊步出，立鋪中央，但見言談老練，動作伶俐；那神氣，那磁場，儼然是當家了。我立刻把握機會，提出問題，這方才弄明白。那些蝦蓉麵，其實已經煮熟，待水沸，把麵撥散，即可進食。製麵時早已加油，若下油煮麵，便多此一舉；把麵撈起時，加點麻油，當更好吃。我說怕麵硬，那麼收火後，多泡幾分鐘，麵身自然腍了。

顧客真的不少，不便打擾了。噢，原來如此，那麼餛飩麵店所煮的，可能是生麵，煮的方法當然不一樣了。

春秧街街市，說多長，就有多長，說多雜亂，就有多雜亂，正因如此，碾坊麵廠，乃得臥虎藏龍。麵粉有其純正香氣，麵條有其如水形態，當家有其專門知識；一個麵餅，舊時香港，情味依稀。

第三輯　出岫雲煙

呦呦鹿鳴

「公園裏有很多鹿，你們可以買些餅乾餵牠們吃，餅乾是碳酸鈣造的。但是，也記着要小心，鹿很貪吃的，曾經追着一個女遊客，咬她的手袋。待會一入門口，就會看見賣餅的小販，鹿常常圍着他們要餅乾吃；他們便用棍去打鹿的頭，把鹿趕走。」在旅遊車開往奈良途中，導遊如此説，果真如此，未免殘忍。

後來親眼看見那景象，方知導遊所言，是然而不然。那賣餅乾的攤子是流動，又窄又小，沒有豪強之勢。至於用棍扑鹿的小販，不是兇悍強橫的彪形大漢，卻是樣子和善的老太婆。她用頭巾包着頭髮，腰間繫上圍裙，坐高腳摺椅上。幾隻鹿圍住攤子，攤子掛滿了圓形餅乾，一塊疊一塊，疊成圓筒，用透明膠袋袋着。鹿兒知道這兒有餅乾吃，怎不趨來呢？

這兒的鹿，起碼數十，老太婆又怎能天天免費供應餅乾呢？所以鹿群包圍攤子時，她唯有拿起木造的小棍，輕輕敲鹿的頭一下。我很留神細看，那力度真的很輕，像輕打孩子的手板，只是不讓鹿來奪走餅乾而已，絕無傷害之念。而愛吃的鹿，給老太婆輕輕打了一下，也不過略略後退半步，絲毫沒有落荒而逃的窘態。

鹿不是吃野草、落葉、嫩芽嗎？奈良公園，秋色正濃，滿園落葉，鹿大概不愁食糧的。然而，餅乾應該更為美味。說到吃，真是誘惑，最難抵抗的誘惑，眾生莫不追求；所以四五隻鹿，圍攤靜立，若有所待。

攤子位於大門入口旁邊，乃遊客入園必經之地，鹿群已在盼望，遊客總不會讓鹿兒白等的。有心餵鹿的，準會走近攤前，用近日貶值頗多的日圓，買些餅乾，親手餵給鹿吃。看看鹿把餅乾連咬幾下，聽聽餅乾碎裂的聲音，摸摸鹿身上的短毛。那種跟鹿近距離接觸的感覺，甚是新鮮，也很愉快。鹿吃得嗒嗒作響，毫不畏人，一定是習慣了給餵養，所以充滿安全感，對遊客非常信任，還主動把嘴巴湊近，讓遊客逗着引着。

旅遊車接踵而來，老太婆生意很好，一包餅乾賣幾百日圓，利錢可觀。想深一層，麋鹿因老太婆才有餅吃，老太婆因麋鹿才有這盤小生意。人與鹿，都在這公園裏覓食，都在遊客喜歡餵鹿的興致下生存。老太婆雖然用木棍把鹿驅趕，但是，又怕這生招牌走得太遠。那麼，她與鹿的關係，絕對不是對立，不是頡頏，而是互相依存了。

「呦呦鹿鳴，食野之苹。」

這公園很富天然之美，走過平地，前面微微是坡路。順勢而行，沿途處處都有鹿影。坡上有水溝，亂石縱橫，水流潺潺。湖在那邊，可能水是從湖流過來的。水溝有五六呎深，鹿兒在遊人身旁悠閒漫步，恰巧陽光乍現，真是大好機會，我們忙忙舉起相機，把人與鹿相逢的一刻拍下。鹿在坡上，略一停定，忽然跳落水溝，沒一會兒，前蹄先踏石，再縱身一躍，利利落落，毫不費力，已躍坡上。這身手證明鹿兒雖然給人工飼養，能力仍未退化。

鹿兒純良，只吃草食，所以誰也放心，任其自由自在，鹿蹄躂躂。鹿彷彿已定型為與世無爭的小可憐。

可是，沒想到在園子裏，居然看到兩頭鹿打架。怎麼打呢？原來用頭去頂對方的頭，似乎要把對方推倒地上。那麼交叉的鹿角怎麼了？豈不互相糾纏；鹿角卻已遭割去。這麼你頂我，我頂你，兩頭黏着，爭持一番，沒有激戰，終於各自散去。

牴角相爭，所謂何事？原來為了爭奪地上的餅乾。眾生寫照，莫甚於此。為了果腹，不惜動武，溫純鹿兒，亦不例外。

「呦呦鹿鳴，食野之苹。」

正值銀杏金燦燦

在旅遊車外望，見窗外偶有金燦燦的小樹；金葉招搖，莫非是銀杏樹？也不敢貿然斷定。只因我從未親睹銀杏輝煌，可是保存了兩片銀杏葉，是在北京大學唸書的朋友所贈，聽說北大校園遍植銀杏。

及至下了車，路旁剛好有一棵金樹，走近端詳。葉子如扇，葉身全緣，更多是中央裂開為二，兩扇對稱，葉緣頂部如浪輕輕起伏，果然是銀杏樹。

到了奈良野外，發覺樹木以紅葉為多，然而銀杏亦為數不少。已是十一月底了，氣溫約十二三度，銀杏葉子早已從綠變金，樹下落葉無數，竟然滿地金光，把綠草掩蓋了。那麼說，銀杏應是落葉喬木。

園子裏最高的那株喬木，正是銀杏。那銀杏，高得要揚起頭，才能仰觀全貌。猜想樹齡應有百年以上，方可長得五層樓高。整株樹形態勻稱，枝條平直，圓錐形的樹身拔地而起，一氣呵成，擎天而立，金光燦燦。以前不明甚麼叫王者氣派，看了這麼軒昂而金華奪目的銀杏，方知道樹木族之王者就在眼前。

小時候家裏偶然會煮腐竹白果糖水，我常蹲在地上，用錘子把白果硬殼敲碎，再撿起白果。一顆白果，竟能長大為參天銀杏。是時間的力量？還是造化的神功呢？

當瀑布遇上紅葉

跟尼加拉瓜瀑布比，大阪箕面公園那瀑布，真是小巫見大巫。不過，這瀑布自有令人難忘之處。

下車後，步行好一段路，繞幾個彎，漸漸聞得水聲，其聲嘩啦宏亮，那麼水勢應該可觀。公園原來藏在山野之中，雖然名為公園，沿路所見，人工痕跡不多，僅是依山開路而已。

必定先有崖，先有水源，才有瀑布。這崖端不高，崖壁不寬，在瀑布家族中，不能稱雄。可是，有一株紅葉，斜伸在瀑布前，讓瀑布衝下之際，半空中給豔紅一映。素練本白，怎知紅了一片。瀑布激揚，紅葉凝定；色澤互映，動靜相間，世上竟然有此絕色。剛與柔，雄壯與嬌豔，相伴並存。

那麼說，瀑布是否可觀，不僅看水流量夠不夠壯偉，還要看周圍環境了。

遊人佇立之處，與瀑布相距僅二十呎，已算近觀，但又不愁水花濺濕相機，觀景至為理想。這瀑布面積不大，水流卻豐沛。水珠跳崖，一躍而下，撞擊崖下錯雜的亂石上。水勢奔騰，激起水花，居然磅礴澎湃。

瀑布之下是石灘，水隨石頭排列而滾流，有些蓄住，有些奔突迴蕩。而紅葉，或隨水去，或傍石縫。

當瀑布遇上紅葉，可惜紅葉上並未題詩，不然，激越中另富纏綿，會更動人心魄。

為人推轂亦復佳

多年前，曾在櫻花盛放之時，踏過京都不少巷弄。當時在遊客區，不曾見過有人力車，不意今回在嵐山嵯峨野的渡月橋畔，以及清涼寺前，卻見到人力車的影蹤。

幾輛人力車閒着，長長的車把，伏於地上，車身順着重心往前傾，那姿勢本來是力學上的要求，卻給人虛位以待，請君上車的感覺，無意中也製造了謙虛形象。車廂則新新淨淨，車身髹上黑色亮麗的漆油。車輪非常高大，座位也相應地升高，視野便更遼闊。車尾後軸都掛了一張備用的小板凳。這種人力車，跟幾十年前香港的人力車比，無疑是軒昂而華麗了。

車夫哩，一定像駱駝祥子那麼高大壯碩了。怎知，都是瘦瘦的小伙子，樣子全生得好看，身披日式背心，用帶子束腰。

團友中有一對母子，加起來該有三百磅，他們登車漫遊。車夫瘦弱，但見他上肢前傾四十度，腰僂得厲害，拔足而走，卻走得不快，面部表情流露出吃力。奇怪是分明吃力，仍保持微笑。那是甚麼道理呢？我猜這是日本文化，盡量用微笑來維持專業精神，內心世界則隱藏起來。

難得紅葉滿山，遊客絡繹，正是掙錢時機，「為人推轂亦復佳」。

紅葉這般紅

地上竟然鋪滿無數落紅，不是落花凋零，而是時已深秋，紅葉墜地。箕面公園樹木茂密，如原始森林，大風忽作，沙沙聲起，吹的落葉漫天飛舞。啊，落葉滿天蔽日光。這句話一點也不誇張，未幾，風再起，葉子又再給吹落，抬頭只見紅葉亂飛，幾乎把天空遮擋。待風住了，木橋、石頭、水溝，紅葉積得更厚了，地上盡是紅葉影蹤，樹上地上皆動人。紅葉處處，教人怎麼看，也看不完看不厭。

楓葉的品種一定不少，顏色很不相同。有的絳紅，極之豔麗，紅得很濃。在楓林中只要有一株這樣的紅，就抓緊了遊人的眼神，其他紅葉都彷彿失色。

有的楓葉橘色，不濃不淡，在色譜中算不算是紅色呢？逆光照耀下，橘色楓葉與陽光幾乎合而為一，融為同一種顏色，美得令人神為之奪，目為之眩。

也有楓葉呈粉紅色，或現淡紫色，葉色卻不是完全均勻，往往有數點黃色褐色綠色斑點。葉上有斑，好像不完美，其實是色素在秋涼的溫度下，色調逐漸變化，更顯天然生趣。

每棵樹都值得靜觀細賞，每片紅葉都令人低徊。這五天裏，朝暮徜徉於紅葉林中；紅葉繽紛，鋪天蓋地把人擁抱。

小島的蕭條時節

西班牙東面有小島，名馬略卡島（Mallroca），給地中海蔚藍的波濤擁抱着。彼岸盡頭是海天相接的一線，這邊海灘上，遊人或吃地道冰淇淋，或踏浪花；碼頭內遊艇櫛比，快艇運來龍蝦等海產。島的另端則巨石嶔磊，驚濤拍岸。自然風景看之不盡，還有人文景觀呢。西班牙式教堂處處聳峙，小巷縱橫交錯，曲折迷離，原來達利故居就在巷裏。蕭邦和比他年長六歲的喬治桑曾衝破世俗桎梏，在島上譜下浪漫樂章，所以馬略卡島又稱蜜月島。這兒連青石板石階也特別寬闊好走，足音格外清脆。還有橄欖樹、橙樹、檸檬樹，密密麻麻，枝上纍纍。消費時發覺價廉物美，與人接觸時發覺人情濃厚，民風淳樸，小販勤奮，店員殷勤，並不勢利。更難得是治安良好，非扒手猖獗的歐洲城市可比。

旅遊勝地所應具備的條件，如怡人氣候，便捷交通，風光如畫，美食紛陳，一一俱全。

可貴是摩爾人羅馬人留下了遺跡，真個話不盡千古興亡。畢加索的力作高懸火車站，讓乘客的倦目為之一亮。歷史感與生活情調，蘊蓄萬千。登臨小島，不難明白旅遊業因何一枝獨秀，佔了GDP八成。

跟我情誼深厚的巴黎老夫婦，數十年前在首府帕爾馬（Palma以火腿馳名）買下房子，去年夏日，把我帶到島上。他們在小島早已扎根，所以我這香港遠客，不純粹是購物觀光的遊客，也許更像島民，貼近民生。

「唉！」他們再三興嘆。從前長巷兩側全是舊鋪，賣腳踏織布機紡的布匹，賣手造的皮革涼鞋，賣棕櫚葉編的袋子，賣橄欖油造的酥餅，賣紫紅欲滴的無花果，賣瓷器、珍珠……如今木門緊閉，人去鋪空，滿目凋零。老鋪就是老街坊，就是窄巷風景，橫街地標，也是不致迷路的憑藉。好端端經營了幾十年，一旦消失，情何以堪！

歐洲經濟不景，往時英國德國遊客雲集，這兩三年遊人大減，本是旺季的暑假竟也蕭條，曲折卵石路上寂寂的。人在其中，又焉能不跟他們一樣，呼吸着焦慮？

他們不勝嘆息，那嘆息長長的，像從Palma坐木造蒸汽古董火車到Soller一樣長。香港旅遊業是重要經濟支柱之一，所以莫怨擠擁，只怕蕭條。蕭條才最教人心寒。

海底觀魚在沖繩

在旅行社報名時，得悉遊覽沖繩有一重點行程，就是海底觀魚，說是讓遊客坐海底玻璃生態觀光船，親睹水中游魚。海底龍宮，琉璃世界，珊瑚千叢，蟹潛蝦伏，必然風光無限。

抵達沖繩，登車之際，方知道旅行社自設車隊，而車牌包括8888、3388、1388，意頭好極了，坐在寓意富貴好運的旅遊車上，倍覺窩心。頭兩天常常驟雨，到了首府那霸，則驕陽如火。沖繩的氣候特色，幾天內都體會過了。幸好天色晴朗，要是滂沱大雨，恐怕會取消海底觀魚。

那艘觀光船，外表平平無奇，像渡海小輪，有上下兩層，可載百人。船起航了二十分鐘後，馬達聲漸轉低吟，水手招手示意，我們立刻魚貫而行，卻原來下層船艙之下，另有隱蔽的第三層。那艙窄窄長長，兩側乃玻璃所造，長板凳居中，遊客肩挨肩，背靠背，排排坐。

船長大概很熟悉海域方位，把船停泊於此，一定有其理由，此處應是觀魚勝地。望向窗外，但見礁石珊瑚，與船身只是咫尺之遙，可是，滿以為這兒清澈可鑑，怎知水色並不通透，反而有點渾濁，用相機來拍攝，效果不佳。然而，海底裏有一種盤古初開的寧靜，彷彿千年以前的光景一下子凝住了。終年不見天日的礁石珊瑚，屹立不移，任由水波拍打。

初時一片靜靜悄悄，不見游魚嬉戲，形勢陡然大變，大群魚兒向着船艙直衝過來，竟是千軍萬馬，浩浩蕩蕩，聯群奔突。猜想是水手在上層抛下大量魚糧，誘來魚兒，讓遊客一飽眼福了。果不期然，蝦肉色的魚糧紛紛墮下來，馬上溶在水裏，化為小粒，魚兒都瘋了，狂追猛逐，劫奪糧食。魚兒來勢洶湧，其中數量最多者，好像是神仙魚。平常慣見的神仙魚，養在魚缸，體形略呈菱形，姿態優美，有出塵之態，因以為名。眼前的神仙魚，腹鰭頻擺，不是游魚，是飛魚！難道腹鰭安裝了馬達？只見神仙下凡，嘴巴一開一合……。

噢！魚缸內不愁美食，奈何，海底跟人間一樣，同是搶食世界，魚兒又焉能不一路殺來？沖繩一年四季都適宜出海觀魚，希望遊客雲來，魚糧不絕，魚兒能1388吧。

唉！海底人間。

第四輯　南窗書畫

文學之旅——訪福建永春余光中文學館

前言

人生本是逆旅，旅途上有柳暗花明的轉折，有想像不到的經歷，有不期而遇的人物，有坐看雲起的風光。余光中曾在許多地方留下雪泥鴻爪，以他的文學成就而言，成立專館，乃遲早之事，必然之事。然而，九州之大，中原之廣，這散發芬芳的文學館，建於何處呢？其中蘊含了一些可能。

南京是余光中出生之地。一九二八年，其母孫秀君女士於重九前一天，登高棲霞山，翌日生下了他。一九四五年抗戰勝利，隨父母回南京。在一九四七年分別考取燕京大學及金陵大學，遵從母意，入讀金大，寫下第一首詩。南京與余光中的緣份，不可謂不深。

四川是余光中逃難之地。一九三七年他九歲，抗戰初起，隨母輾轉流離，抵達重慶，再入四川，於江北悅來場南京青年會中學讀書，前後共八年，恰恰是少年成長期。六十年來，他與妻子范我存對話，不說閩語，不說普通話，而是講四川話，似乎四川話是最親切的語音。人選擇說甚麼語言，是習慣，也是感情的傾注。四川與余光中的緣份，不可謂不深。

一九五〇年余光中赴臺灣。在臺北住了二十四年，做了臺大學生、少尉編譯官、新郎、父親、留學生、講師、教授、詩人。他母親的慈骨埋於臺北。而廈門街那老宅，已經是文學史裏的地名。臺北與余光中的緣份，不可謂不深。

一九四九年他從廈門遷居香港，住在銅鑼灣道的板間房，這一年他失學，徬徨苦悶。誰想到一九七四年重臨香江，已經名滿天下，成為中文大學中文系教授。那十一年是他生命裏最安定自得的歲月，香港的山水都給他寫進文學史裏。此後他經常來港，與香港的情緣，從未中斷。

余光中於一九四七年本應入讀燕京大學（北京大學），奈何烽煙阻斷，未能成為北大學生，此事令他引以為憾。二〇一二年他獲邀為北大駐校詩人，倍感欣然。北京人文薈萃，自是成立文學館的好地方。

高雄是余光中一生居住得最長久之地，從一九八五年至今，暮年歲月都在這海港度過，夫妻倆早已決定不作他遷。他父親與岳母都在此作古。高雄的文學園地，由他來拓荒開墾，若文學館建立於此，也是順理成章的。

人生這旅程是奇妙的，難以預測的。余光中文學館終於落成，不在南京、重慶、悦來場、臺北、香港、北京、高雄，也不在母鄉常州，而是在祖家福建永春。永春，雖是故鄉，可是印象模糊；雖是老家，幼時只小住半載；雖是舊地，但闊別了六十八年；雖是故園，白髮蒼蒼七十五歲才晚歸。

鄉愁深深深幾許

小時候
鄉愁是一枚小小的郵票
我在這頭
母親在那頭

長大後
鄉愁是一張窄窄的船票
我在這頭
新娘在那頭

後來啊
鄉愁是一方矮矮的墳墓
我在外頭
母親在裏頭

而現在
鄉愁是一灣淺淺的海峽
我在這頭
大陸在那頭

〈鄉愁〉這首詩撼動了無數中國人的心，尤其是海外遊子。他說：「鄉愁一縷，恆與揚子江東流水競長。」[1]又曾定義鄉愁：「是立體的，是把空間加上去，乘上時間，乘上文化的記憶，乘上滄桑感。」[2]於是鄉愁詩人已成為余光中的代名詞。

他祖籍福建永春，可是思念母鄉，常常自稱為江南人，口音猶帶江南腔調，自言「注定要做南方的詩人」[3]。然而，以他一生文學成就為主題的文學館，終於在故鄉永春落成。從念江南而歸福建，這段故鄉情緣，何時才漸趨濃烈呢？

一九九二年初次返大陸，「掉頭一去是風吹黑髮，回首再來已雪滿白頭。」二〇〇二年時他寫道：「我的祖籍福建永春，迄今尚未能回去，只能向北遙念那一片連綿的鐵甲山水，也是承堯叔父的畫境。」叔父余承堯（一八九八——一九九三）官拜中將。五十六歲始作畫，以大自然為師。他常說哪裏的山水都比不上故鄉永春好，活脫脫是白先勇筆下的臺北人。他當年在軍中曾負責勘探山川地形，所以筆下呈現出真實的山川結構，山勢交疊，濃淡互補，雄偉豪放；其畫市值港幣數百萬。

二〇〇二年，遲遲未歸的遊子終於踏上故土。故鄉的歡迎儀式熱烈得不得了，而這永春之子，戀鄉之情，植根甚久，忽爾澎湃。且看〈八閩歸人〉的描寫：「我的父親生在永春，曾去馬來的麻埠辦過小學，後來回鄉，先是擔任永春的教育局長，繼又擔任安溪縣長。在他教育局長任內，縣裏來了一位遠客，令他注目。他看到的是一個江南女子，吳腔呢呢，剛由常州的師範學校畢業，千里迢迢，分發到這閩南腹地的陌生山城，來教八音咿呦而不懂普通話更別提甚麼吳語的村童。我不能想像教育局長跟新來的外省教師該怎麼交談，一定是誤會連連傻笑不已吧。不過有情人總會傳情的。雞同鴨講的情人總之結了婚，而且生下了我，不在這磊磊山縣，而在繁華的石頭城。」永春，載滿了孩子對父母的孺慕。

「迎面而來的先是彩色的三角旗成排成串，繼有布條從高樓垂向街面，熱情的標語歡迎永春之子迢迢歸來。人潮漸密，車速減緩，終於停下。一出車立刻陷入鄉親的重圍，綻笑的臉全向着我們，像滿田盛開的葵花，遠者揮手，近者一擁而上，或來握手，或來挽臂，語聲鼎沸，有的呼叔公，有的叫叔叔，有的叫『光中舅』。有資格直呼我名的，想來都不在了。

人群稍稍讓開，容我們過橋入城。這才發現還有剛放午學的小學生，列隊兩側，吹號打鼓，並間歇地齊呼：『歡迎，歡迎，熱烈歡迎！』隊伍很長，像有兩百人的樣子。看到汗珠子在他們額上閃光，我一面感動，一面又十分疼惜、歉疚，覺得至少應該早點抵達，免得這許多小臉曝於猶烈的秋陽。」永春的秋陽，真能把少小離家的遊子徹底融化。

「頭白東坡海外歸」，且看遊子心情：「像蟲歸草間，魚潛水底，我的心感到一種恬靜的倦意。一生飄泊，今天至少該落一次錨，測童年有多深吧？」「『下面就是你家了！』一句話令我全身震顫，心頭一緊。『下面果真是我的家嗎？』淚水忽然盈目。」「驟來的富足感一掃經年的鄉愁。」「下一步要去『萬杉鄭』古厝了。我轉身對記者們大聲說：『現在我要去老屋看一下，請大家不要跟了，讓我和祖先靜靜在一起二十分鐘！』」思親念祖，至為重要，所以特地要求給他寧靜。蘆柑乃永春特產，「綠柑盈握，有誰能比我更富足呢？」啊！鄉愁是一雙甜甜的蘆柑，他在這頭，父母在那頭。

那麼，余光中文學館聳立於永春之坡桃溪之畔，「清水一灣舞白鶴，風光兩岸映桃源」，其實是夙緣早定矣。

地靈人傑話永春

我初到福建，飛機降落泉州晉江機場，往永春約一小時車程。沿路所見，山峰連綿起伏，樹木蒼翠，環境乾淨，村居如畫。永春，古稱桃源，乃千年古邑。地處福建東南，幅員一千五百平方里，森林覆蓋率達七成。「萬紫千紅花不謝，冬暖夏涼四序春。」此地歷史文化積澱深厚，英才輩出，朱熹曾在此講學，當代名人有朱德、梁披雲、余承堯、余光中、辜振甫、吳作棟等。

永春以白鶴拳聞名，據說姓言的弟子，到了廣東佛山授拳，把自己的姓加在永春旁，便成詠春。香港人熟悉的葉問、李小龍，皆為詠春高手。名勝有閩南西雙版納之稱的牛姆林；北溪文苑有三大瀑布，白練垂天，飛泉漱石。特產有蘆柑、老醋、紙織畫、篾香、漆籃、佛手茶等。

在文學館低層有一個大展廳，把永春特產一一陳列。這安排給人的感覺，是進入文學殿堂之前，先聽聽一闋故里南音。故土沃沃，民風淳厚，勤勞樸實；滿室鄉情瀰漫，氛圍親切，教人感動。

郁郁乎文慶落成

二〇一二年十二月，舉行了奠基儀式。建築師宋丹、策畫人方永宗、魏偉忠和主筆梁白瑜先後多次遠赴高雄，與余先生商討各項事宜，設計師李躍年仔細推敲展廳佈局，歷時近三年建成。二〇一五年十一月八日，由余光中親自主持開幕禮。

文學館依山而建，視野寬廣，前眺桃溪，清流不絕，水聲潺潺，清音悅耳。文學館外的文化主題公園及兩側展廳，仍在興建，項目總面積一百多畝。建築風格借鑑永春鄉村的傳統，白牆灰瓦，寓意白紙黑墨。大堂高掛巨型相片，詩人挺立，承堯叔父畫與「桃溪蜿蜒的兩岸是我難忘的故鄉」親筆字為背景。建築佈局舒展自然，藉連廊聯繫各空間。館內有劇場，絲竹管弦，低吟高誦，聲光視像，仿佛陸續登場。

沿着長廊，步入展館，但見兩壁掛滿余光中的題詞，全是遊子鄉情。「桃源山水秀，永春佛手香」「鄉心應似桃溪水，長懷來處是永春」「美麗香村桃源古，和諧家園永春新」（〈永春蘆柑〉）等，一路詩興蕩漾。長廊盡頭見蠟像，余光中正伏案閱讀；另一蠟像立在展館招手，歡迎遠客；都是北京蠟像師的傑作。詩人生於多難之秋，生平如何簡述？其文學成就超拔而多元，如何論說？原來生平以「鄉愁四韻」，即原鄉情、故鄉心、離鄉痛、望鄉愁來簡述。成就則以「四度空間」來說明，即「詩歌，不止『鄉愁』；散文，不止『小品』；評論，不止『學究』；翻譯，不止『準確』；編輯，不止『四度』」。最後是「龍吟四海」，即「文字魔術師」、「我是余光中的秘書」、「桂冠詩人」來延伸。文字簡潔，相片珍貴，更輔以電子書來增加閱讀深度。這切入點及演繹法相當成功。

更上層樓便是頂層了，我有踏入寶藏之感。頂層所藏全是實物，樑柱高懸了余承堯筆下的永春；余光中珍藏了叔父畫作兩張，悉數獻出，可謂叔侄同心，詩畫交輝。他的證書、手稿、海報、獎狀以至中大聯合書院的聘書等，都是一手珍品。最令觀者嘖嘖稱奇的，是祖父余東有先生過世時，有七十六位民國顯宦為這鄉間隱士題寫像讚，包括了蔣介石、白崇禧、汪精衛、于右任、孫科、馮玉祥、李宗仁、陳立夫、張學良等。何以濟濟名人齊致輓聯？也許是敬重他興學助教，捐資建成永春洋上小學；當日汽車經過，我特意請司機慢駛，喜見校舍儼然，西式建築，可惜無暇入內參觀。學校屹立於山巒翠色中已一百零三載，確實百年樹人。至於資料搜集，諒必不易，文學館同人之苦心，可以想見。

一代文宗在永春

余光中有幸，祖籍永春。永春有幸，出了一代文宗。永春因詩人而增價，文學館展現了文化軟實力，更創造了旅遊價值。「當年過海是三人同渡，今日着陸是一人獨飛。哀哀父母，生我劬勞。一穴雙墓，早已安息在台島。」父親余超英先生一直眷念鄉土，厚愛同鄉。余光中於開幕禮上致辭，其中一句說：「父親當引以為榮。」則文學館不止沉澱凝聚了他一生成就，亦是兒子以此作為對父親的敬禮。

注：

1《思台北念台北》（散文），余光中著，一九七七年。

2《新大陸舊大陸》（散文），余光中著，二〇〇二年。

3《茱萸的孩子——余光中傳》（傳記），傅孟麗著，一九九九年。

鳴謝：

承文學館策畫人梁白瑜、魏偉忠惠贈資料，得鎮政府人員鄭燕然、陳燕華、吳婉真慇懃招待，一併致謝。

異材秀出千林表

——吾師是余光中

「楚山修竹如雲，異材秀出千林表」，是蘇軾名句之一，余光中教授非常欣賞眉山蘇髯，那麼，我借此句來概括其成就和氣質。泉下恩師，大概不以為忤吧。

我有幸成為余教授的學生，是一九七七年的事。四十載師生緣份，從識荊於崇基書院的翠色，到告別高雄醫院深切治療部裏已昏迷一天的詩人，多少回憶，都像吐露港的濤聲，像吹過中文大學第六苑門前群松的風聲，一下子湧上心頭，又如何說起呢？

中學年代已開始讀余教授文章，還記得當年捧書而讀時，雙手竟是微微在抖，哎呀，怎可能把文字寫得那麼美？本來就很美的中國文字，落在他手裏，變得更美、極美。他不是中文系出身，而是外文系畢業，一手中文竟然寫得出神入化。他常常把古典詩詞及古文，冶煉熔鑄，不是插入，而是融化，是化古為今，今而古雅，文白交融，圓融得不著痕跡，已然是拈花微笑的境界了。難得是自成風格，就是糊了姓名，也一眼看出是他的手筆。我對他的文章，始而驚豔，再而傾心，一直崇拜。驚豔、傾心、崇拜了幾十年，而人間已幾許風雨了。

余教授在一九七四年來中文大學中文系教書，得悉詩人駐校，我加倍發憤，一定要考上中大，追隨他讀書。在一九七七年我升上大二，可以修讀他開的「現代文學」課了。選科程序是先得教授簽名同意，地點在崇基教學樓。課室裏面很多學生排隊，人聲鼎沸，我忽然瞥見有一位教授，半低着一頭華髮，凝神專注地簽名。咦，眼前人好生眼熟，啊，是余光中！書本扉頁有作者相片的，一時間心情激蕩，身子晃一晃，幾乎立不穩。呀，是余光中！

景慕詩人的學生為數不少，本來四十名額，卻有一百二十多人報名，破了中文系紀錄。教室便從聯合移師新亞人文館，我總是提早二十分鐘到，坐第二行正中，支着頭，等待詩人出現。而余詩人從來不叫人失望，教學大綱井然有序，備課充足，妙語如珠。他有舊式文人的儒雅，又有西方紳士的風度，眉宇清奇，顧盼神飛，令人見之忘俗。用中文說是魅力，用英文說是charisma。舉手投足總是流露出獨特氣質，明星光采，讓人一瞧見就忍不住要留神再看。在外表已是「楚山修竹如雲，異材秀出千林表」，更何況那比他五呎三吋還要高的著作呢。我得承認自己是余迷，是粉絲，且是以三重身份來迷。一是讀者之仰慕作家，二是學生之敬重老師，三是文學迷之崇拜文學明星，一重二重，三疊而來。

可是就在下學期突然遇上衝擊，名為《這樣的詩人余光中》的書籍出版了，他寫的評論〈狼來了〉，下筆頗重，令他陷入鄉土文學的論爭，一時間，他又成為風眼。我支着頭，迷茫不解地望着詩人，然後悵然離開教室，整整一個禮拜，我陷入迷亂疑惑，顫抖於狂風驟雨。風雨未停，幸而我已豁然開朗，一片澄明。自己不是把他的著作都讀遍了嗎？自己不是每一課都聽得仔細嗎？為甚麼我不信任老師的為人？為甚麼我不信任自己的眼光？難道我不知道余光中是誰？！

初次見他時，我心情激蕩，身子晃一晃，幾乎立不穩。此番衝擊，我再次心情激蕩，身子晃一晃，幾乎立不穩。可是，不過是晃一晃而已，自此之後，心如磐石，即使「世人皆欲殺，吾意獨憐才」。他是詩人，但是詩人也是人，論點不可能每一點都無誤。他有一首長詩叫〈火浴〉，發表之後大受好評，可是弟子鍾玲膽敢為文挑戰，批評此詩內容掙扎不足，結果為師者不止把詩重寫，還把批評得毫不客氣的文章推薦給報刊發表。相似地，〈狼來了〉並未收入文集，他甚至表示悔其少作。他晚年時雲淡風輕，可是年青時的確盛氣。他是個英雄主義者，心氣高傲，會擺好姿勢，拋下戰書，廣發英雄帖，邀約對手上光明頂決一死戰。他先戰言曦，再戰洛夫，在筆戰中，他或挑戰而高叫「看劍」，或迎戰而大喊「放馬過來」，無不公然叫陣，打起旗號，光明磊落，英雄本色。至於告密之事，他一定不屑為之。不過是文人論文而已，怎料到輾轉傳開，事情失控，一切都不是本意。他心如朗月，絕無半點害人之心。盛名帶來掌聲與噓聲，在掌聲中他沒有沾沾自喜，在噓聲中他從容沉着。

我是粉絲，對於偶像，喜歡保持適當距離，更何況班上百多人，我毫不起眼，遙遠地崇拜似乎注定的了。然而，要是有緣，緣份總會來的。就在下學期初，在崇基校園，一輛汽車停在面前，乘客說是余的朋友，路過香港，託我轉交卡片。翌日即往曾肇添樓扣門，遞上卡片，當時我不會說普通話，師生對談，南腔北調，輔以英語。一張小小的卡片，展開了四十年情誼。後來他把我的論文投去《星島日報》，數年後推薦我寫專欄。師恩引渡，輕輕一扶，一葉小舟就把我送入文學桃花源去。

在他的香江歲月中，我的身影只是隱約於人叢，怎料隔了「一灣淺淺的海峽」，感情反而更深，我甚至漸漸成為兩老的「香港電臺」。有一回余教授空郵兩盒錄音帶給我，原來是楊弦譜其詩為歌，成為流行一時的校園民歌。我自是喜從天降，同學看在眼裏，說：「余光中真幸福，有這麼愛他的學生。」我答道：「我真幸福，有余光中這麼值得愛的老師。」又有一回，他們下機當晚就赴書店演講，樊善標教授問因何我不來，余教授解釋道：「秀蓮病了。」我情況如何，他根本不知，只是他有信心，除非我生病，不然一定來見他們。同是弟子，陳芳明之愛師，愛得曲折，帶着浪子回頭的內疚。我之愛師，愛得康莊，帶着貫徹始終的堅定。

他們來港多是為了演講，偶有餘暇，多會外出，我曾帶他們去金鐘舊軍火庫欣賞意大利畫家Caravaggio畫的《以馬忤斯的晚餐》，又看電影《林肯》和李安拍的《少年Pi》。看罷電影，三人在太古廣場溜躂，廣場商店名稱多是英文，他說這名稱來自那本書，對面那店名稱來自那首詩，浮想聯翩，商業化的地方，給他一分析，立刻詩意迴盪。相處多了，我覺得他傾向理性，愛靜中思考。另方面則靜中有動，喜歡外闖，〈後赤壁賦〉中，「江流有聲，斷岸千尺」，地勢險峻，蘇軾居然「予乃攝衣而上，履巉巖，披蒙茸，踞虎豹，登虬龍」，那種勇者姿態，他最欣賞。難怪少年在臺北騎單車而輪轉天下，中年在香港船灣淡水湖長堤足踏兩輪而逆風奔馳。他愛探索，所以和周策縱教授、黃國彬教授去香港仔永遠墳場，尋蔡元培校長之墓。他好登高臨深，八仙嶺、飛鵝山、獅子山、西貢等山山水水，都多情地寫進文學史裏。又在無意之中，於飛鵝山百花林發現了孫中山母親之墓。由於愛山水，所以研究徐霞客遊記。白天郊遊，晚上執筆，化動態為靜態。

師生相處，充滿瞭解和信任，說話無拘無束，可是，他絕少背後論人是非，說人長短。他常替人寫推薦書，至於誰人求薦，絕口不提。他告訴我有文抄公抄襲了他幾段文字，卻閃閃眼說不會告訴我哪是誰。相反，他稱讚同事蘇文擢教授在系務會議陷入死胡同時能輕易就化解了困局，常常稱讚金聖華教授的夫婿馮秋鑾先生是「好得不得了的人」，又說年輕詩人劉偉成特別有禮……

他的暮年詩賦依舊元氣淋漓，可是畢竟老了，要佩戴助聽器。師母架上老花鏡，把新電池換上，一雙手伶伶俐俐。教授說：「人造的耳朵怎也比不上母親造的耳朵。」尋常說話，家居動作，更能動人。天下余迷，都要再三感激余媽媽孫秀君女士、余太太范我存女士，沒有她們殷勤照顧，詩人又怎能專心作詩？

去年師母腸部出血，進了深切治療部，教授心焦，獨自下樓，竟然摔倒，跌傷頭部，健康一下子倒退七八成，舉步遲疑，記性衰退。今年重陽，高雄中山大學拍了《余光中書寫香港》錄影帶，為他賀壽。那天他猶能登臺短講，依舊博君一粲。

今年十二月七日，我飛往高雄，此行本是為師母賀壽，打算只稍駐三天，怎料行前驚聞教授小中風，心情忐忑，一卸下行李，忙忙隨師母往醫院探望，他已插了氣喉和胃管。一見我就笑說：「你來了臺灣。」仍能背誦「床前明月光」，翌晨他情況不穩，要轉到深切治療部。本來要回港了，可是我又怎可以在他受苦之時離開，便把歸期延後。

深切治療部探病時間短，每次只容二人逗留，師母與女兒加上我，輪流探望，床前安慰。奈何病情每況愈下，十二日早上他尚能點頭，表示聽到，黃昏已不能回應。也許，此刻他只聽到水聲訇訇，黃河洶湧，長江奔流，那聲音他最思念，那聲音最觸動鄉愁。監測心跳血壓等功能的顯示器，久不久就響一下，聽得我心驚肉跳。十三日黃昏我坐夜機回港，手裏提着公事包，內有教授的手稿和一副眼鏡，是贈與中大圖書館香港文學特藏室的。候機時，我抱着公事包，默默流淚，只怕旦夕之間，手澤猶存的物品會變成遺物。翌晨十時四分，教授安詳離世。離世前最後的禮物，是送給香港，為沙田山居寫下完美句號。

喪鐘敲着沉痛，然而比沉痛更强烈的感覺，是崇敬。梁實秋先生器重愛徒余光中，謂：「右手寫詩，左手寫散文，成就之高，一時無兩。」梁先生這高足呀，還有第三隻手做翻譯，第四隻手寫評論，第五隻手做編輯，第六隻手寫剛勁有力撇畫分明的鋼筆字，更有能白手畫世界地圖的第七隻手。一張嘴，演講時錦心繡口，語妙天下，傾倒了兩岸三地萬千學子。又能朗誦，以古音吟詠「大江東去」而餘音不盡，朗誦英詩而全場喝彩，真是「異材秀出千林表」。終其一生，朝朝暮暮，孜孜矻矻，於文學於教育，貢獻千秋。他跟永恒拔河，何曾落敗？文學世界裏，他早已永恒。多讀中國文學，是他對讀者最大的期望。恭讀余教授的作品，等於為他唱一闋永別的輓歌。

沙田山居　情繫中大

——記余光中手稿與遺物捐贈典禮

余光中教授於二〇一七年十二月十四日早上離世，離世前最後的禮物，是送給中大，送給香港，為沙田山居寫下完美句號。這份最後的禮物是甚麼？何以送給中大？又何以相贈之物剛剛在離世前夕抵達香港？這一切一切，似是偶然，又似必然，其中綢繆着山環水繞的情份。

余教授與香港的緣份始於一九四九年，他隨父母住在銅鑼灣道的板間房，是個失學青年，一年後渡臺，升讀臺灣大學。二十五年後，由一九七四年至八五年，他成為中文大學中文系教授，兼聯合書院系主任。且看其詩文，自會明白因何一切都是情份。「我一直慶幸能在香港無限好的歲月去沙田任教，慶幸那琅嬛福地坐擁海山之美，安靜的校園，自由的學風。」[1]「海圍着山，山圍着我。沙田山居，峰回路轉。」[2]「在香港，我的樓下是山，山下正是九廣鐵路的中途……那輪軌交磨的聲音……已經潛入我的脈搏，與我的呼吸相通。」[3]「這十年是我一生裏面最安定最自在的時期……告別香港，遠比我始料更艱辛。」[4]離港前，文友發起了惜別詩會，「誦詩接近尾聲，讀到〈老來無情〉，卻不禁五內震動，語音忽然哽阻，難以終篇。」[5]啊！「五內震動」，則他對香港對中大，用情之深，可以想見。離別是一把快刀，青鋒多快，也斷不了詩人與香港的情份。

至於離世前最後的禮物，送給中大送給香港，其間起伏跌宕，暗合了他所說「也都已成為我生命中的必然」[6]。

去年重陽是余教授八十九歲壽辰，我赴高雄拜壽，並欣賞了中山大學特地來港拍攝的《余光中書寫香港》記錄片。行前中大圖書館香港文學特藏室託我請教授捐贈手稿，蒙他慨然答允，可是一時間未及整理，便說留待下次。十二月七日再赴高雄，此行本是為師母慶生，手稿一疊、眼鏡一副，師母及幼珊早已準備，教授卻中風入院了。此行留守七日，竟是伴余教授最後一程。十三日黃昏他離世前夕，我攜手稿坐夜機回港，完成了使命。捐贈時間來得這麼巧，情意那麼深長，教我不能不相信，這的確是一個完美句號，為的是總結十年沙田山居。「千絲萬縷難斷的因緣／回到這山長水久的故居」[7]，文宗翰墨，清詞麗句，永藏中大。

手稿包括了余教授來港主講錢賓四講座的演講詞，首頁詳列了來港時間、師母的中英文姓名、三個講座題目等，可見他處事細心。多篇詩作以藍筆為初稿，紅筆作修改，還留下多番修改的痕跡，完全是杜甫「新詩作罷自長吟」的認真作風。更有英文稿件，印證了學貫中西。至於眼鏡是余教授做白內障手術之前所戴，也不過是數月前的事。鏡片清亮，記錄了多少智慧的眸光呢。手澤依稀，墨跡分明，睹物思人，更感物情可念。

文星隕落，四海同悲。詩人遺物，中大珍重，乃有「余光中手稿與遺物捐贈典禮」，訂於二月二日上午舉行。典禮籌備得莊重敬慎，推展得溫馨親切，十分難得。司儀以雙語介紹，先請圖書館館長李露絲女士以英語致謝辭，再由潘偉賢副校長粵語致辭並致送感謝狀給余師母范我存女士，然後播映《余光中書寫香港》記錄片，乃全港首播。最後是導賞展櫃裏余教授的文物。記錄片中教授有段話，奇妙地呼應了典禮點滴。「我的國語很純。記者訪問我時用粵語，我用國語來回答。這在世界上是獨一無二的。」當天正是兩文三語，並行不悖，富於香港特色。

最後的禮物情歸中大圖書館香港文學特藏室，裏頭又有一段緣份。芸芸晚輩中，有兩位獲得他最高評價。於文學創作是台灣散文家張曉風女士，他以「亦秀亦豪的健筆」譽之。於文化貢獻，則是他當年的中大同事盧瑋鑾（小思）老師。「對人文的行蹤遺跡守護尤力……她簡直就是香港文化的良心。香港文學史的記憶。」[8] 而特藏室正是盧老師退休後，以義工身份，傾力傾情，從旁協助，苦心所營造。

整個典禮中最受尊重與關懷的是余師母。「有一對紅燭／哪一根會先熄呢？曳着白煙？剩下另一根留着熱淚／獨自去抵抗四周的夜寒」[9]，此詩讀得人熱淚盈眶。紅燭僅剩其一，幸而依舊發光發熱。在大半年前師母已決定把珍藏的齊家古玉三十餘塊贈予中大文物館。古玉素面，半透光，有璧、璜、琮、聯璧、斧等，年代在公元前千多至二千多年。師母去年八十六歲出版了第一本書《玉石尚——范我存收藏與設計》，她雙手靈巧，中國結打得古雅。以結配玉，心思獨到，使古玉之美更為凸出。雅人深致，仁者胸襟，真不愧為詩人愛妻。

九廣鐵路、馬料水、飛鵝山頂、獅子山隧道……香港何幸，竟蒙余詩人為我們詩賦紫荊，文載香江。香港的山色水音，已成中國文學史裏的永恒風景。

注：

1〈從母親到外遇〉，《日不落家》，一九九八年。

2〈沙田山居〉，《青青邊愁》，一九七七年。

3〈記憶像鐵軌一樣長〉，《記憶像鐵軌一樣長》，一九八七年。

4〈回望迷樓〉，《春來半島》，一九八五年。

5〈十載歸來賦紫荊〉，《紫荊賦》，一九八六年。

6〈回望迷樓〉，《春來半島》，一九八五年。

7〈老來無情〉，《春來半島》，一九八五年。

8〈吐露港上中文人〉，《吐露春風五十年》，二〇一三年。

9〈紅燭〉，《五行無阻》，一九九八年。

從徬徨而悠然

——陳建中的畫意

留法畫家，成就卓越者，第一代是林風眠、徐悲鴻；第二代是趙無極、吳冠中、朱德群；第三代哩，那名單上一定有陳建中的名字。

十年前，巴黎朋友高潔說有一位畫家於香港舉辦畫展，這畫家留法多年，叫陳建中，我便抱着姑且一看的心情，往中環精藝軒去。初會畫家夫婦，他妻子叫陳琨妮，是香港人。自報姓名後便在畫廊漫漫而行，見每張畫都以大自然為主題，畫面靜靜的，或茂樹鬱翠，或平疇如浪，隱約間見低矮房舍，半隱樹影。看着看着，我忽然有所悟，眼前的畫，一片寧靜，完全是陶淵明的詩境，「平疇交遠風，良苗亦懷新」、「孟夏草木長，繞屋樹扶疏」。中國隱逸詩人的情懷，竟然瀰漫於西洋風格的油畫裏，今古交融，中西暗合，實在奇妙。

我一直深信文品即人品，那麼，畫品亦即人品，也應成立。文章與畫，都是心靈的流露，情操的反映。我靜中思量，而答案，在這十年的聽聞、觀察中，得到肯定。

陳建中於一九三九年生於廣東龍川，農村偏僻，山野清幽，民風淳厚，都成為他生命的底色。在少年時代，他常去圖書館看畫冊，林布蘭特（Rembrandt）及米勒（Millet）的寫實畫，令他大為感動，遂決志畫畫。十六歲考入武漢市中南美專附中，二十歲就讀廣州美術學院油畫系。國內的美術教育，師法俄國；素描基礎之紮實，畫技功力之深厚，寫實意識之堅定，完全得力於美院的訓練。求學期間，國內發生許多運動，為政治服務的宣傳畫是主流，可是，對這些主題，他毫無興趣，因為他認為藝術的最高境地，在於提升人的情操。

他二十三歲來到香港（一九六二年），在何文田街租了地方作畫室，一面教畫，一面畫畫。其實在畫院習畫時，他已經崢嶸拔萃，開始教師弟妹素描了。香港七年，是他生命的轉折期；一顆種子儲飽了水，吸收了足夠陽光，要吐出嫩芽了。

所謂三十而立，這一年，他往藝術之都巴黎求學；從一九六九年至今，一去四十餘年。藝術生命，在巴黎這既激發靈感、又競爭激烈的土壤上，終於扎下根。根深而葉茂，如他所畫的老榕樹。

初抵巴黎，有兩大問題要面對，首先是解決生活。六七十年代，來巴黎求學的學生，絕大多數要半工讀，可是工種不多，主要做三類工，他們戲稱為做三行。所謂三行，第一行是在溫州人開的皮革廠，依形狀用刀子把皮革割下來。第二行是在唐餐館做企堂，月薪一千餘法郎。至於第三行，美術學生最勝任，是在傢俬上畫山水花鳥蟲魚，每畫一塊，掙八十法郎，也是溫州人做老闆。他夫妻倆合作，由他勾勒線條，琨妮著色，每天可以畫三四塊，收入算是不錯。許多本來打算來巴黎畫畫的，入了這一行，便放棄夢想，以此為生了。這三行，他都做過。

嫁作巴黎婦的朋友告訴我，在七十年代她留學巴黎時，已聽過陳建中這大名；當時不少留學生仰慕畫家，常常結伴登門，認識他的人，沒有一個不敬重他。他們住的房子很小，卻載滿了留學生的青春和夢想。

另一要面對的問題，是藝術上的探索；巴黎畫派實在太多，萬花筒般，把他看得眼花繚亂。這衝擊如驚濤拍岸，教許多畫家站不穩腳。陳建中學的是寫實畫，而畫壇卻盛行抽象畫，一下子，他變成雙重邊緣人。在地域上，他是異鄉人；在繪畫上，他是少數族裔。

抵達巴黎翌年，便往國立美術學院深造。他覺得要了解現代藝術，得從抽象畫開始，於是花了一年多來學抽象畫，對抽象畫的特質有所體會。當時畫壇，正是各種前衛派藝術的天下，潮流如此，大勢所趨，若仍然堅持要畫寫實畫，就等於「牆角一枝梅，淩寒獨自開」了。可是，他憶起少年時代，令他感動的畫家，不是林布蘭特和米勒嗎？不是有血有肉、實實在在的寫實畫嗎？何必為了追趕潮流，而去畫連自己也不感動的新派畫呢？再者，潮流這回事，往往非常短暫；五花八門的前衛派，能否經得起時間考驗呢？頗成疑問。今夕當時得令，紅透半天，他朝可能化為浮花浪蕊，無聲消逝了。

這段探索歷程，很有意思：嘗試學習抽象畫，表示不故步自封，願意打開心扉，對新知要探個究竟。勒馬回繮，表示知所抉擇，不隨波逐流。

三十三歲時（一九七二年），他的門窗構圖系列，風格圓熟，很受趙無極器重，於畫壇開始嶄露頭角。兩年後，獲得法國文化部主辦的「國家贊助第一次個展」評審獎。翌年得文化部贊助，在巴黎舉辦個展；亞洲畫家，獲此贊助，他是第一人。門窗系列，乃大城小景，微觀巴黎。窗常緊閉，門僅半開，柵欄縫間，有一株幼幼的常春藤，悄悄探出頭來，帶着盼望，張看這花花世界。畫面極之寧靜，寧靜之中，卻暗藏震撼力，使畫評家讚歎不絕。中外藝評家把他譽為「中西文化交流史上，做出貢獻的第三代海外藝術家代表者之一」、「在同代畫家中，是最有希望進入畫史的一位」、「崛起於巴黎藝壇的中國人」、「趙無極的接棒人」。

門窗、常春藤、尋常慣見的角落，落在畫布上，竟透着孤寂、疏離、神秘。畫為心聲，遊子他鄉，前路迷茫，他內心充滿了徬徨。沒料到，「行到水窮處，坐看雲起時」，陷於最困惑之時，有天，他無意中抬頭望向窗外，但見景色美麗寂靜而神秘，立刻對景而畫。眼前之景，一門一窗一梯，皆可入畫，此後便朝這方向一張一張畫下去，終於成就了一系列成名作。從此踏足國際畫壇，世界許多博物館都收藏了他的畫。

四十歲那年，他們入住蒙馬特山洗衣船畫室，這是畢加索的故居，也是政府讓藝術家聚居的地方。高高的天花，大大的窗戶，讓陽光盡情照在畫布。他們的家，不論年代、地段、大小，總是迴蕩着四方朋友的笑語。我想補充一個小故事：誰都知道，許多畫家為了在群展佔據有利位置，會爭個頭崩額裂，他竟主動把好位置讓給年輕畫家，自己的畫則掛最遠處。君子之風，仁者之德，難怪他家裏常常高朋滿座，難怪認識他的人，沒有一個不敬重他。

在一九八四年，他開始以大自然為題材，一直至今，這又是另一挑戰。古往今來，風景畫不是很多了嗎？既然門窗系列大為成功，為甚麼要改變主題？然而，順境往往是危機，這危機更難察覺，因為習慣於順境，便失去了勇闖的志氣。陳建中本性平和淡泊，於藝術卻非常執着，他曾說：「若要畫自己不想畫的東西，我寧願回工廠做工。」創作感覺在引領，廣袤的田野在等待，開闊的天空在召喚，他決定從門窗跨出去，投入大自然。

風景畫，把天地濃縮於尺寸，把樹木再生於畫框，畫家亦已融於大自然。陶淵明的詩境融在畫裏，人生亦已步入悠然見南山的境界。其實，無論門窗構圖系列，還是風景畫，不看簽名，你一眼看去，已認得出是他的手筆。

一九九七年，他把用兩年時間來完成的一批畫捐出來，為籌建「中國貧困地區小型醫院」之用。義賣成績，相當可觀，如今已經建成十二間小醫院了；他成名後，簡樸如昔。回饋桑梓，惠及貧病，才是他最大的心願。以德藝雙馨來形容，當之無愧。

二〇一四年，為了慶祝中法建交五十年，特地舉辦了陳建中五十年回顧展，巡迴於國內展覽。在北京舉行開幕禮那天，群賢畢至，冠蓋雲集，其中包括了前外交部長李肇星等；書法秀雅的楊潔篪，於二〇一一年以賈島〈尋隱者不遇〉一詩為他題詞。我與琨妮相熟，與陳建中僅是君子之交，嚴格説，我只是賞畫人，受他的畫所感動。令我更感動的，是一個農家孩子，在起跑線上毫無優勢，可是憑着畫筆，真誠踏實，一步一腳印，終於能踏上國際畫壇。而國家重要官員，親來恭賀，也證明了國家不只重視經濟，亦重視藝術，重視文化的軟實力，這尤其值得高興。

畫家最好表述自己的方法，當然是畫。此外，就是畫論了。我想引用陳建中的話來作結。「藝術作品只有好壞之分，沒有新舊之分。現代，是作品的內涵、意境的現代，而不是表面的形式花樣。一件藝術傑作是超越時代的，現在好，一百年後，五百年後還是好，還能感動人，那才是真正的藝術。」

趙無極與陳建中

陳建中是留學法國第三代最出色的畫家之一。

一九七二年，陳建中三十三歲，不經不覺，抵巴黎已經三年了。他在廣州美專畢業，筆力深厚，寫實功力，已經達到跟照相機一樣，當然，他不停留於逼真而另有境界。他以寫實筆觸，抽離的姿態，去畫門窗構圖系列，把城市的寂寞，畫得入木三分；畫風已漸漸成型。待畫到「構圖3號」時，生命裏出現一段傳奇；這傳奇彷彿從天而降，又似是早已注定。

那天傍晚在畫室，忽然聽到有人在呼喚舊住客的名字，走到窗前一看，站在樓下的人，不是別人，正是趙無極。他說人家搬走了，問趙要不要上來坐坐，趙爽快登樓；原來，他也曾住過這兒，還指着牆角的書架，說是他手造的。

兩個素不相識的中國畫家，在海外一樓相遇；這樓房的畫架上，曾經浮光躍金，靜影沉壁，丹青溢彩，滿室生輝。兩代畫家，一抽象一寫實，先後在此晨昏作畫，兩個握着畫筆的身影，蒙太奇地，幾乎重疊。種種巧合，若以或然率言，機會其實極低，卻終於出現；也許正是佛法所說的緣份。

趙一看畫架上的「構圖3號」，又細看其他畫作，立刻稱讚，說這樣畫下去就對了。他們一談就談到晚上十一時多，告辭時，趙說有甚麼事不妨找他。陳建中覺得自己沒沒無聞，趙無極則名滿天下，不敢攀附，便沒有去拜會。

兩年後，趙無極重臨畫室，還帶了一位文化部藝術視察官來。那視察官之職責，是發掘有潛質卻未有機會開個人畫展的年輕畫家，因為文化部正主辦「國家贊助第一次個展」評審獎。之後，文化部邀陳建中攜畫參賽。這是一個重要獎項，評審團共有十五人，包括文化部官員、教授、畫廊主人等，這組合客觀而全面，富公信力。大獎究竟花落誰家？一直備受矚目。亞洲畫家，從未有人獲獎。賽果揭曉，陳建中獨佔鰲頭。翌年得文化部贊助，在巴黎舉辦個展。這從小就刻苦力學的畫家，終於熬出頭來，於海外為華人增光。

趙無極那無私胸襟，那真情高義，跟歐陽修之於蘇軾，左光斗之於史可法，是一脈相承的。畫史裏，有這麼動人的一章，「每讀其文，想其人德」，每觀其畫，同樣想其人德。

而陳建中日後的成就與貢獻，都證明趙眼力非凡，識畫識人。因緣際會，海外小樓，畫中日月，兩代畫家，小樓相逢，相逢那一刹那，隱隱然開始了甚麼——那儼然是接棒儀式。

敦煌風沙恩情絕

沙田文化博物館舉辦展覽「敦煌——說不完的故事」，規模之大，展品之精，演繹之美，真是令人歎為觀止。神遊敦煌，見有一幅壁畫，氣韻靈動，定神一看，臨摹者是「敦煌守護神」常書鴻；一時間，耳畔彷彿朔風怒號，胡沙響起，還夾雜着一個薄命女子的幽咽。

常書鴻娶妻陳芝秀，乃大家閨秀，江南才女。夫妻留學法國，書鴻屢獲殊榮，芝秀亦成為雕塑家，在里昂生下沙娜。書鴻忽然迷上敦煌，毅然回國實踐敦煌朝聖夢。他倆相處的模式，是妻子勸阻，二人爭執，妻子含淚讓步。芝秀唯有捨棄法國優雅生活，攜女歸國，怎料途中七七事變，母女幾回險死；再後來幼子嘉陵出生。

芝秀篤信天主教，無法投入佛教壁畫。常書鴻脾氣急躁，毫不體貼。兩年後她拋夫棄子，跟同鄉私奔蘭州，後來境況苦不堪言。她不願伴夫守護敦煌，世人或不苛責，卻難以原諒她拋棄兒女。加上藝術圈子太小，前夫名氣太響，所以每扇門都拒絕她。她在杭州淪落至洗衣服、當保母，但是故意避開故人，從不求助，這不是骨氣嗎？她甚至說這是上帝對她的懲罰，這不是告解嗎？母女終於重逢，沙娜見她落拓憔悴，便每月匯款，但母子卻一直未曾重聚。沒多久，芝秀猝死，死於人間的唾棄中，為「敦煌——說不完的故事」留下故事。

從相片及常書鴻畫裏，見芝秀姿容秀美，打扮時髦，又喜歡把家居弄得雅致，敦煌那黃土小屋，不只滿室都是惱人的風沙，還載滿夫妻齟齬，又怎會是夢鄉呢？她最後到了天國，那裏滿是諒解與寬恕。

仙鳳一知音

有一位知音，雪裏寒梅，從仙鳳鳴而雛鳳鳴，從《紅樓夢》而《白蛇新傳》，這數十年來，佇立戲台內外，總是默默支持，總是殷殷寄盼。

仙鳳鳴劇團成立之初，早已滿懷壯志，一心一德，要把粵劇提升為高雅藝術。唐滌生撰寫的劇本，文辭古雅，偶有艱深字眼，可是沒聽過生旦淨丑，唸錯字音。遇上五言七言詩句，又人人都念得有節有韻。唐滌生舞文弄墨，處處用典，典故何意？曲文熔經鑄史，字字珠璣，如何理解？在雛鳳猶雛之際，怎能無師自通，盡解含意。再者，要把角色演繹得元氣淋漓，神圓氣足，則非深入揣摩劇本不可。

舞榭歌臺，鑼鼓響起，正式演出之時，難得人人一開腔都能錦心繡口，出口成章，琅琅動聽。我以蘇軾「想當然耳」的思維，推斷劇團背後，有飽學之士在提醒，在正音，還授以吟誦技巧。推斷劇團背後，有文學素養不凡的良師，分析解說，循循善誘，啓蒙雛鳳。那儼然是小組教學，專題研習，戲曲課堂了。從蔣防愛恨激越的《霍小玉傳》，到湯顯祖因情而死、死而復生的《牡丹亭》，到明末遺民黃韻珊以歌哭悼興衰的《帝女花》，到最後唐滌生嘔心瀝血凝鍊而成的清詞麗句。絳紗弟子，梨園青苗，浴乎春風，打下文學底子。

仙鳳鳴劇團是粵劇史上的盛唐，說不盡的開元遺事，任白波靚唐，一時多少風流人物。如此春色燦爛的人文風景，若不好好保存，只怕有日相片散失，文獻湮沒，落得「縹緲間往事如夢情難認」。這位知音，靜中留神，念茲在茲，時時記錄，終於在一九九五年，把仙鳳鳴劇團的演出特刊、相片、相關評論，編輯成書，書本名為《姹紫嫣紅開遍——良辰美景仙鳳鳴》。此書規模可觀，共三卷，紙張開度如畫冊，是一呎乘十一吋半，紙精墨良，印刷講究，套以紙匣，重量恐怕超過十磅，真有君子不重則不威的氣概。書本厚重，更厚重是編者的心事。翻開書卷，神遊其中，但覺寶光流動，風華勝極。多情是戲迷，更多情是編者，最多情是劇團濟濟名士。

這套重量級的記錄集瞬息售罄，復於任姐逝世十五年，再印製《姹紫嫣紅開遍——良辰美景仙鳳鳴》（纖濃本），共二冊。接着又再搜集資料，出版《武生王靚次伯——千斤力萬縷情》、《辛苦種成花錦繡——品味唐滌生帝女花》、《梨園生輝：任劍輝、唐滌生——記憶與珍藏》。這幾套書，那麼重，將之捧起，可不容易。內容那麼豐富，要細讀也好費神。千斤心力，萬縷深情，才能把一系列與仙鳳鳴有關的書本編成。

仙鳳戲寶之所以在社會上地位日漸提升，獲得士林推重，學府研究，固然出於自力；劇團的確製作嚴謹，精益求精。然而自力之外，亦有助力，助力來自多方，來自知音。這知音，從任白波靚唐到雛鳳，從旁扶助，默默加持。

這知音佇立在射燈照不到、鎂光不閃起的位置，靜觀全局，願景深遠，更把一腔心事，化為翰墨，永作典藏。

這知音，待人處事，沉實低調；文章學問，自有境界。這知音的成就，在教育，則菁莪樂育。在散文，則思路細密，辭藻端麗。在香港文學研究，則一片赤誠，海納百川，乃有「香港文學良心之譽」（見余光中《吐露港上中文人》）。論述其成就其貢獻，莫忽略在姹紫嫣紅裏，在良辰美景仙鳳鳴中，真情至誠的小思老師，一直深耕細作，終於辛苦種成花錦繡。

「曲水回眸——小思眼中的香港」觀後感

這展覽最觸動我心，教我久久不能忘懷的，是一本筆記本子——小思老師在大學時代於課堂上即時抄下來的筆記。

這筆記透露出甚麼呢？

一是字體整齊而秀麗，字與字之間疏密有度，透着行氣。

二是通篇不止沒有錯別字，更難得是不用修改。試想想，教授金口一開，學生連忙奮筆記錄，話音起落，急如走馬。筆錄之時，竟然不加修改，還能文從字順。

三是內容中有分段分項，好幫助記憶。

四是從第一版到最後一頁，貫徹始終，鋒芒不減。

她的讀書方法，沉實中又有靈巧，巧拙相濟，毫不死板。大概她在中小學時，已經訓練耳到、眼到、手到、心到，敏捷而專注，「用志不分，乃凝於神」，再加上文字根基紮實，思路清晰，嚴謹仔細，終於修煉到這種境界。

研究之路，以抄筆記為起點；路，就是如此走出來的。

我彷彿看見書窗之下，一個女學生的側影，纖小瘦削，正低頭奮筆，哎，一寫就一生一世，盡是香港文學史的山山水水。

各篇定稿日期

第一輯　往事依稀

唱龍舟	二〇一四年六月
衣裳竹	二〇一四年九月
地板也牽愁	二〇一四年十一月
小賣部四叔	二〇一四年十一月
先倒下的精兵	二〇一五年一月
王小二過年	二〇一五年一月
小莫小於水滴	二〇一五年四月
百貨公司自在行	二〇一五年四月
賣點心	二〇一五年五月
凶宅	二〇一五年八月
記得當年認字	二〇一五年十二月

沒有炮仗的新年	二〇一六年一月
炸油角	二〇一六年二月
野地的鈴蘭	二〇一六年四月
讓孩子到我這裏來	二〇一六年六月
翠篷紅衫人力車	二〇一六年八月

第二輯　結廬人景

貨物流轉在民間	二〇一四年十月
謹慎錢銀交收時	二〇一四年八月
鵝頸橋底	二〇一四年九月
配音聲線留世間	二〇一四年十二月
船到燈火迷離處	二〇一五年二月
黃梅天	二〇一五年三月
春秧麵廠老當家	二〇一六年九月

第三輯　出岫雲煙

呦呦鹿鳴	二〇一四年十二月
正值銀杏金燦燦	二〇一四年十二月
當瀑布遇上紅葉	二〇一四年十二月
為人推轂亦復佳	二〇一四年十一月
紅葉這般紅	二〇一四年十二月
小島的蕭條時節	二〇一六年三月
海底觀魚在沖繩	二〇一六年八月

第四輯　南窗書畫

文學之旅——訪福建永春余光中文學館	二〇一五年十一月
異材秀出千林表——吾師是余光中	二〇一七年十二月
沙田山居　情繫中大——記余光中手稿與遺物捐贈典禮	二〇一八年二月
從徬徨而悠然——陳建中的畫意	二〇一五年七月

趙無極與陳建中　二〇一五年七月

敦煌風沙恩情絕　二〇一五年三月

仙鳳一知音　二〇一六年五月

「曲水回眸——小思眼中的香港」觀後感　二〇一六年九月

責任編輯：羅國洪
封面繪圖：李詠兒
封面設計：張錦良

書　　名：翠篷紅衫人力車
作　　者：黃秀蓮
出　　版：匯智出版有限公司
香港九龍尖沙咀赫德道二A
首邦行八樓八〇三室
電話：二三九〇〇六〇五
傳真：二一四二三一六一
網址：http://www.ip.com.hk
發　　行：香港聯合書刊物流有限公司
香港新界大埔汀麗路三十六號
中華商務印刷大廈三字樓
電話：二一五〇二一〇〇
傳真：二四〇七三〇六二
印　　刷：陽光（彩美）印刷有限公司
版　　次：二〇一八年十一月初版
國際書號：978-988-78987-7-1

香港藝術發展局全力支持藝術表達自由，本計劃內容並不反映本局意見。